VOLVERÁN A POR MÍ

HATERO & LAHOZ

LUNA ROJA

Obra ganadora de la 4a. edición del
Premio la Galera Jóvenes Lectores
con la colaboración del Club Kirico

Primera edición: febrero de 2012

Diseño de cubierta: Book & Look
Imagen de cubierta: Leo Flores
Diseño de interior: Adriana Martínez
Maquetación: Marquès, S.L.

Edición: Marcelo E. Mazzanti
Coordinación editorial: Anna Pérez i Mir
Dirección editorial: Iolanda Batallé Prats

La Galera, SAU Editorial
Josep Pla, 95 — 08019 Barcelona
www.editorial-lagalera.com
lagalera@grec.com

Impreso en Liberdúplex
Ctra. BV-2249, Km. 7,4
Pol. Ind. Torrentfondo
St. Llorenç d'Hortons

Depósito legal: B-1.755-2012
Impreso en la UE
ISBN: 978-84-246-4348-5

Me llamo Giulietta Hamilton, tengo dieciséis años y creo en los monstruos.

Creo en los monstruos porque el verano pasado maté a uno. Cuando somos niños, los intuimos, los vemos debajo de la cama o en el fondo del armario. Tengo la impresión de que tiene algo que ver con el instinto, con una memoria colectiva y primitiva que, con el paso de los años, los adultos nos machacan. Parece que para hacerse mayor hay que dejar de creer en los monstruos, en lo sobrenatural. Pero nuestros antepasados sabían que existían, nos han dejado cientos de historias que hablan de ellos, de seres mitológicos, de dioses salvajes, de criaturas repulsivas más antiguas que los hombres.

Los tiempos han cambiado, es cierto, pero los

monstruos siguen a nuestro alrededor. Su secreto es que han aprendido a camuflarse entre nosotros. Tu profesor de matemáticas podría ser uno de ellos. O esa vecina con la que te sueles cruzar en el rellano de casa. Hoy en día los monstruos son tan normales que no llaman la atención. Pero, debajo de esa capa de normalidad, late una piel de monstruo. Eso lo aprendí el pasado verano. El verano pasado aprendí que ser diferente es peligroso.

PRIMERA PARTE

1 IRIS

La gente suele deshacerse de lo que no entiende.

Por eso mis padres están llevándome a la Academia Fénix, una especie de cárcel de verano para chicos problemáticos (según he podido ver en internet) donde esperan que me conduzcan, en palabras de papá, «de vuelta al buen camino».

La gente trata de encasillar lo que no comprende para poder olvidarlo y seguir con su vida ordenada. Trata de etiquetarte: tú eres el gracioso, tú la pija, tú el deportista, tú el conflictivo, tú la cerebrito... En el caso de los gemelos, la cosa es todavía peor, porque entonces es como si uno fuera el yin y el otro el yang. ¿Sabes lo que quiero decir? Si uno es formal, el otro sin duda es el alocado; si una es la alegre, la otra es la tristona; si uno es el soñador, entonces el otro es el práctico. Te haces una idea, ¿verdad? Es como si, al no poder distinguirte físicamente, tuvieran que buscar una diferencia de carácter. Te etiquetan, y así todo es más fácil.

Mi hermana gemela, Ivette, es la buena. Eso es algo que descubrí siendo muy niña. Todo el mundo se nos acercaba y solía decir: «mira a Ivette, qué tranquila y buena es. En cambio, Iris es un terremoto». «Está claro que Iris es la traviesa». Y la cosa fue a peor con los años. «Qué prontos tiene Iris». «Iris tiene mucho carácter»... Siempre me he preguntado por qué, cuando alguien tiene mala leche, se suele decir que tiene mucho carácter. En fin. A lo que quiero llegar es que, cuando toda tu vida te han estado diciendo que eres mala, al final terminas por creértelo. Y si te pasa algo ante lo que no sabes cómo reaccionar, automáticamente piensas: ¿Qué haría mi hermana? ¿Cómo actuaría Ivette? Y entonces haces todo lo contrario. Para demostrar que tienes personalidad propia, supongo. Sí, ya sé que suena absurdo, es cierto. Pero creo que si alguien hiciera el esfuerzo de ponerse en mi lugar, lo entendería. Porque cuando has cometido un error lo que de verdad quieres no es que te perdonen, sino que te entiendan.

Pero no quiero perder el hilo de mis pensamientos. Sé que lo que hice no estuvo bien. Pero tuve que hacerlo. Me explicaré. Siempre que a Ivette le ha gustado un chico, a mí me ha gustado el tipo de chico contrario. Si a ella le ha gustado un rubio, yo he perdido la cabeza por un moreno. Si ella forraba su carpeta con las fotos de un futbolista joven, yo lo hacía con las de un escritor cincuentón. Si ella prefería los vampiros, yo elegía a los hombres lobo. Y así con todo: cuando ella decidió cortarse el pelo para «parecer más madura», yo decidí dejármelo largo y me hice mechas azules rollo manga. Mi error fue creer que este sistema funcionaba en sentido inverso. Cuando yo me enamoré (bueno, o creí enamorarme, ahora no lo tengo claro. ¿Qué esperabas? ¡Tengo dieciséis años, no tengo experiencia en estas cosas!) de Jonas, un chico de último curso, con su pelo largo que le tapaba la mitad de la cara, la chaqueta de cuero negro de su padre, sus camisetas de Paramore y sus botas militares, lo lógico es que Ivette se hubiera encaprichado de algún niñato rubio con camisas de marca y pantalones de pinza. Pero no. En cuanto descubrió que yo estaba interesada en Jonas, Ivette decidió que Jonas era «lo más». Así que supe que tenía que correr riesgos y adelantarme a ella. Una tarde, al salir del instituto, me planté delante de Jonas y, sin cortarme un pelo, le pregunté si iba a ir a la «fiesta de primavera», una horterada que celebraban en mi instituto seguramente copiada de algún colegio extranjero. Me contestó que sí, que claro que sí. Nadie quiere perderse una fiesta cuando es adolescente. Y le dije que me pasara a buscar, que iríamos juntos. Él me miró entre sorprendido y divertido. Y dijo que sí, que por supuesto, que pasaría a buscarme. Al llegar a casa le pedí a mi madre que me comprara el primer vestido largo de mi vida: negro como ala de cuervo, con escote palabra de honor y mucho vuelo.

Y llegó el día de la fiesta. Fiel a su palabra, Jonas apareció con vaqueros negros, camisa blanca y una corbata negra con calaveras y tibias cruzadas en rojo, estilo pirata. Juro que casi me desmayo al verlo. Fuimos caminando al instituto (está a solo cuatro manzanas de mi casa) y, no exagero, esos contados ocho minutos que tardamos en llegar los dos juntos, los dos solos, fueron los más emocionantes de mi vida hasta ese día. Estaba tan nerviosa que apenas articulé palabra. Al entrar en el polideportivo, empezaron a poner la música. Todo era perfecto. Hasta ese momento. Entonces, Jonas me dijo que iba a saludar a sus colegas. Así que me fui al baño a comprobar que el maquillaje estaba todo en su sitio y a mojarme las muñecas porque, aunque no hacía calor, yo sentía que en cualquier instante iba a encenderme como una antorcha. Al salir del baño no lo vi. Tampoco era plan de ponerme a buscarle como una novia («novia», qué palabra tan rara) celosa. Así que estuve saludando a mis compañeros de curso un rato. Luego me tomé un refresco. Y acto seguido empecé a comer patatas y cacahuetes de la mesa que había a un lado de la pista. Pasaron los minutos, muchos minutos, y no encontraba a Jonas por ningún lado. Así que decidí dar un paseo como el que no quiere la cosa. Y entonces los vi. A Jonas y a Ivette, besándose junto a secretaría. Sus brazos rodeaban la cintura de mi hermana, sus dedos se enredaban en el pelo de Ivette, sus labios se fundían en los de mi gemela, idénticos a los míos. Ivette, con su pelo corto para parecer mayor y un vestido corto color rosa chicle que le daba un aire de niña que ha crecido demasiado rápido. No sé por qué, pero al verlos me escondí detrás de una columna del pasillo, como si fuera yo la que estuviera haciendo algo malo. Me faltaba el aire. Al cabo de un rato que a mí se me hizo eterno, me di la vuelta y volví andando a casa. El trayecto se me hizo muchísimo más largo que a la ida. Cuando llegué, mi madre, sorprendida, me preguntó por mi hermana. «Si quieres saber dónde está deberías ponerle un collar a esa perra», le contesté, y me fui directamente a mi cuarto.

Al lunes siguiente, mientras todo el mundo estaba en clase, le pedí permiso a la profesora para ir al baño. Salí del instituto, rocié con gasolina la moto de Jonas y le prendí fuego. Así de simple. Así de liberador. Cuando la gente salió alertados por las llamas y el humo, yo estaba tirada en la hierba presa de un ataque de risa.

Hace un rato que hemos abandonado la carretera principal y ahora vamos por un camino de mala muerte. La verdad es que la naturaleza salvaje de esta zona resulta espectacular. Es casi ridículo que, viviendo en Leeds, esta sea la primera vez que vengo a Escocia. Y es triste que sea para recluirme en la misteriosa Academia Fénix, el lugar donde los jóvenes de buena familia son reconducidos al buen camino. Cuando mis padres me dijeron que iban a dejarme aquí durante el verano, la busqué por internet, pero resulta que este lugar no tiene página web. Como si fuera una institución de otra época, una edificación amurallada en mitad de la nada. Y para colmo, está cerca del Loch Arkaig, un lago que tiene fama de embrujado y que cuenta con parajes con nombres como «La milla oscura» o «La charca de las brujas». Cuando lo descubrí, le dije a mi madre que metiera en mi equipaje una pistola con balas de plata y una botella de agua bendita; pero está claro que mi madre no tiene sentido del humor.

«Ya hemos llegado». Eso lo acaba de decir mi padre. Él va al volante mientras mi madre simula dormir, como ha hecho durante todo el camino para no tener que hablar conmigo, «la hija mala».

Estamos en mitad de un bosque, frondoso y oscuro. O eso parece. En mitad de la nada. Acabamos de traspasar una verja alta y la Academia Fénix se dibuja al fondo recortada en el atardecer como una foto en blanco y negro. Todo tiene un aire fantasmagórico. Se supone que debo pasarme aquí los dos próximos meses, sin contacto con el mundo real, mientras mis padres y mi hermana, la buena de Ivette, hacen un crucero por el Mediterráneo. Se supone que en este lugar olvidado de la mano de Dios me van a reconducir «de vuelta al buen camino». Y lo peor de todo es que yo solo puedo pensar en que es la primera vez que voy a dormir separada de mi hermana.

Bajo del coche. En la explanada que sirve de improvisado aparcamiento hay otros chicos y chicas, otros castigados como yo, despidiéndose de sus padres. Veo a un chico alto y delgado como una figura de El Greco que se despide de un hombre, su padre supongo, estrechándole la mano. Me pregunto si mi padre hará lo mismo. La verdad es que me vendría bien un abrazo. Como si me hubiera leído la mente, mi madre me coge por los hombros y me estruja contra su pecho. Cierro los ojos y puedo oler su perfume de jazmín.

—Pórtate bien. —No me lo dice como una orden; lo dice como una recomendación.

—Lo haré.

—Más te vale —dice mi padre con el ceño fruncido—. Ni te imaginas lo que nos cuesta este sitio.

Asiento en silencio, avergonzada y herida, y cojo mi

maleta de ruedas. Me acerco a mi padre para darle un beso, pero se da la vuelta sin decirme adiós y se mete en el coche.

—Dos meses pasan volando —me anima mamá.

—Ojalá —suspiro.

—Seguro que haces amigos —añade al tiempo que abre la puerta del coche. Echo un último vistazo a mis padres, esperando que en cualquier momento me digan que todo ha sido una broma, para darme un escarmiento, y que puedo volver a casa si prometo portarme bien. Pero papá arranca el coche y comienza a maniobrar para salir del recinto.

—Estaban deseando deshacerse de ti, ¿eh?

Me giro sorprendida. La que ha dicho eso es una chica gótica, pequeña y muy guapa, con la cara maquillada de una forma que solo se me ocurre describir como agresiva, un poco al estilo de Alice Glass, la cantante de Crystal Castles. Lleva una camiseta de rayas horizontales negras y blancas, a juego con sus medias que le llegan hasta las rodillas, una minifalda negra con vuelo y unas botas también negras. Bajo su flequillo cortado a ras de las cejas le brillan unos ojos azulísimos.

—No te preocupes, los míos también están hartos de mí —dice sonriendo—. Mi nombre es Giulietta.

—Yo soy Iris.

Echamos a caminar juntas por el sendero de gravilla, arrastrando nuestras maletas con dificultad. Un complejo de edificios grises se levanta entre los árboles. No podría decir en qué año habían sido construidos ni aunque la vida me fuera en ello. Salvo una gran farola que hay justo encima de la puerta de entrada, todo parece tener más de doscientos años. Si el arquitecto había planeado imponer miedo, mi más sincera enhorabuena.

—¡Qué espanto! —dice Giulietta.

—Y que lo digas. Pone los pelos de punta.

Entonces, el chico de antes se gira y nos mira directamente como si nos hubiera oído, pero no dice nada.

—Bueno, al menos parece que con un poco de suerte no nos aburriremos aquí —dice Giulietta con una sonrisa pícara.

2 GRECO

Lo primero que quise, nada más llegar, fue irme. Salir corriendo y no dejar de hacerlo hasta llegar a la habitación de mi casa, correr atrás en el tiempo, a cuando era todavía un niño y no existían los problemas. Ya sé que uno no puede arrepentirse de haber crecido, de haber cumplido dieciséis años, pero una vez más me invadió esa sensación de descontento conmigo mismo más que con el mundo, ¿a quién no le ha pasado alguna vez? Esa sensación de la que me costaba desprenderme y que me había acompañado durante todo el final de curso. En aquel instante me arrepentí de no haber estudiado lo suficiente y de haberme pasado el año con Laura y sus amigos, haciendo lo que no debía y lo que mis padres ni siquiera podían imaginar. El recuerdo de Laura volvió a golpearme y pensé que, si algún día conseguía olvidarla, no sabría cómo celebrarlo.

Yo ya sabía que aquello era un campamento de verano distinto a los que había ido de niño con el colegio. Era distinto porque era para chicos problemáticos, con suspensos, con carácter conflictivo, descarriados y rebeldes, inadaptados; chicos y chicas de mi edad que no eran lo que se suele denominar ejemplares. Si mis padres me habían enviado allí era por algo. Como los demás chicos y chicas que veía entrar y se despedían de sus padres igual que yo, sin ninguna convicción y con mucho remordimiento.

La puerta ante la que me dejaron mis padres era de hierro, altísima, y pesaba mucho más de lo que aparentaba. Antes de entrar me despedí de ellos moviendo la mano y diciendo en voz baja «adiós», y unos segundos después el Bentley de mi padre se perdía en el vacío levantando polvo.

A la entrada del centro nos obligaron a cambiarnos de ropa. En un cuarto sin ventanas me quité los pantalones y la camiseta ante la presencia muda de un vigilante que también me cogió el móvil, las llaves de casa, dos chicles y el poco dinero que llevaba. Al sostener mis pantalones separó el cinturón y lo guardó aparte. Olía a cerrado, a sudor, como si aquel espacio no hubiera sido ventilado en años. También la ropa que me dieron (una sudadera, un pantalón con cintura de goma, varias camisetas blancas y unas zapatillas con mi nombre escrito a mano) apestaba a armario cerrado, igual que huele el pasado cuando se visita a un pariente lejano, como si no hubiera sido lavada. No olía a detergente ni a suavizante, como olía normalmente la ropa que mi madre lavaba en casa. Me sorprendió que supieran mi talla de ropa y que tuvieran mis prendas asignadas de antemano, pero no me atreví a decir nada. Para qué: seguí con lo mío, atándome los cordones de las zapatillas, y entonces sí, entonces, mientras me ponía en pie y me miraba de soslayo en un pequeño espejo, recordé a mi madre rellenando unos papeles y preguntándome el número de pie (me extraño que no lo supiera: ¿no se supone que las madres saben esas cosas?), una tarde en que ella estaba muy nerviosa; de ello hacía apenas uno o dos meses. Una vez vestidos con el chándal del centro nos obligaron a salir al patio y a ponernos en fila. Desde allí levanté la vista y a lo lejos distinguí la torre gris, como emblema de un universo de cemento.

Todo era gris.

El suelo, las paredes de los pabellones, las fuentes del patio (había muchas fuentes, demasiadas), los uniformes de los vigilantes y también el rostro de la directora, miss Fury. Era un rostro tan blanquecino que, con solo mirarlo, provocaba un escalofrío, como si una corriente de aire helado te atravesara la mirada. Pensé que debería utilizar un maquillaje antiguo, de señoras mayores que a veces parece que se pasen por la cara harina en lugar de maquillaje. O a lo mejor estaba enferma, recapacité, podría ser eso, pues parecía tan enfadada con el mundo como con ella misma.

Fuimos entrando en el aula. Todas las mesas estaban separadas. Era imposible hablar con el compañero de al lado y se hacía difícil incluso ponerse en pie y distinguir lo que el compañero de delante escribía. Era más tenebroso que lo que había visto por internet. Sabía que iba a ser un verano duro, que lo merecía y que más que un centro en el que repasar asignaturas iba a ser una temporada de castigo. Entendí por qué nos habían dado una sudadera en lugar de una camiseta: pese a ser verano, en el interior de los edificios hacía frío. Habían permanecido cerrados todo el año, y era como si el frío del invierno se hubiera quedado dentro a la espera de nuestra llegada. Hacía más frío dentro de la clase que fuera de ella.

Hasta que el último alumno no tomó asiento, la directora no entró en el aula. Lo hizo con paso firme, marcando el ritmo con los tacones y dejando tras de sí un soniquete fúnebre. Cuando el silencio reinó libre de cualquier amago, empezó a hablar. Cuando lo hizo sentí que algo crujía en el suelo. Pero aquel estremecimiento no era más que el temblor de mis pies al advertir una voz arrugada, hecha de grietas y humo, como de un hombre, ronca y oscura. ¿Cómo era posible que tuviera una voz tan masculina?

—Vuestros padres os han enviado aquí porque no habéis aprovechado el tiempo durante el curso. Habéis suspendido varias asignaturas, habéis causado problemas y no os habéis comportado como personas dignas. —Hizo una pausa, como si necesitara coger aire, y me fijé en sus ojos, que succionaban la mirada de todos nosotros como si aquello fuera una cuestión de magnetismo—. ¡Pero eso no es lo peor! ¡No! ¡Resulta que no habéis tenido bastante con hacer el vago, con manchar los apellidos de vuestros linajes con desgracia y miserable comportamiento! Y ahora vuestros padres os han enviado al centro porque los habéis decepcionado. Espero que seáis conscientes de lo que habéis conseguido, porque decepcionar a unos padres es algo tan indigno como el desprecio: el mismo desprecio que merecéis de mi parte hasta que me demostréis lo contrario. Aquí no se os va a permitir decepcionar a nadie, estáis advertidos. Vuestros padres confían en esta institución por nuestro pasado glorioso y nuestro prestigio, y os puedo asegurar que cuando salgáis de aquí ya no volveréis a decepcionarlos: de eso me encargo yo.

Escuchaba con atención, como si la voz de aquella mujer me tuviera hipnotizado. Nadie se atrevía a hablar, ni siquiera a mirar a ninguna parte que no fuera la cara, los ojos, la boca de aquella mujer espeluznante en cuya voz estaban escritos con mayúsculas la amenaza y el peligro más inminente. Era la encarnación del poder llevado al extremo. Había leído textos en la asignatura de Historia sobre lugares a los que algunas sociedades enviaban a los habitantes mal encaminados a reinsertarse, y aquello me los recordó tanto que incluso desde el frío del aula visualicé una página de aquel libro y una fotografía en la que aparecían personas dobladas por el esfuerzo como si sus piernas fueran de trapo.

—Y os invito a que, al salir de clase después de esta primera hora, observéis las fotos que cuelgan en el pasillo, las fotos de antiguos habitantes de este centro, todos ellos a día de hoy triunfadores. Alumnos que pasaron por aquí en su día porque también sus vidas se vieron por momentos desenfocadas, descarriadas, pero que afortunadamente tuvieron unos padres que los enviaron a tiempo a este refugio del que salieron dispuestos a triunfar como saldréis vosotros en dos meses. Porque en la vida todo cuesta. Y todo tiene un precio.

Siguió hablando con ese tono amenazador, enigmático y perverso, con la voz firme y sin apenas precipitarse. Daba la sensación de que tenía el discurso aprendido. En ese instante recordé las fotografías que había visto en el pasillo, enormes retratos de antiguos alumnos que rezumaban polvo y aspereza. Por momentos perdí la atención, hasta que nombró la torre gris y subió el tono de voz.

—No querría enviar a nadie a la torre pero, como os estaba diciendo, hay unas normas que seguir y cada verano, tarde o temprano, hay alguno que trata de impedir el buen funcionamiento de nuestra metodología. ¡La torre está preparada, como lo estamos nosotros!

Nadie dijo nada. El discurso de la directora tenía un punto ridículo, que invitaba a la burla y, sin embargo, había algo en ella que despertaba un terror inmediato. Todos permanecimos sentados, en silencio. Y cuando quise llevarme la mano derecha al bolsillo uno de los vigilantes me señaló.

—¿Qué buscas en el bolsillo?

—Nada —dije temblando. Y era verdad. Me había traicionado la inercia. Era la costumbre la que me había hecho llevar la mano al bolsillo para buscar los chicles que el vigilante de la entrada me había quitado.

La directora vino hacia mí y me apretó el brazo derecho con una fuerza de hombre que me hizo recordar a mi padre. Miré de cerca las manos y, cuando estaba a punto de gritar, me soltó y me acarició la nuca. Entonces noté su tacto, gélido como el hielo.

Toda la clase me estaba mirando.

Fueron sus ojos lo que más me llamó la atención. Se sentaba dos sillas por delante de mí, en diagonal. Su mirada mezclaba la súplica con carácter, como si pudiera leerse que había sufrido y no sabía cómo dejar de hacerlo. Bajé la vista y en la suela de sus zapatillas, escrito con rotulador, leí el nombre de Iris.

Y entonces, mientras Iris dejaba de mirarme y el silencio se apoderaba de nuevo de la sala, respiré hondo el vacío de la Academia Fénix y pensé en Laura y en el curso y en las gamberradas. Y también pensé qué hubiera sido de mi vida si no la hubiera conocido y si hubiera continuado con mis entrenamientos de fútbol en el colegio. ¿Dónde estaba mi pasado deportista? ¿Qué quedaba del niño que daba patadas al balón correteando por el pasillo de casa y en el patio del colegio? ¡Nunca más volvería a conocer a ninguna chica! Todos los recuerdos que me venían a la cabeza con Laura me parecían mentiras, falsas y sucias mentiras. Jamás debía de haberme dejado llevar por ella y sus amigos. Nunca debí de entrar en su juego. Pero eso lo sabía entonces, tarde, después de haber sido una marioneta para ella.

Antes de que la directora diera por concluida la sesión me fijé en las piernas de Iris: las movía compulsivamente, como si estuvieran presas de un tic nervioso. Debía de ser miedo. Puro miedo.

3 IRIS

Esta mañana me he despertado muy pronto y he bajado con este horroroso chándal puesto a respirar el aire fresco de la madrugada. Todavía quedaba cuarenta minutos hasta la clase de gimnasia de primera hora. En la parte de atrás del pabellón me he encontrado al chico alto que Giulietta y yo vimos al entrar aquí; trataba de raspar su nombre escrito en las zapatillas con una piedra pequeña. Creo que se ha asustado al verme porque ha dado una especie de saltito muy divertido y casi se cae de espaldas.

—Ah, hola.

—Buenos días —he contestado, intentando no reírme.

—Buenos días.

—¿No te gusta tu nombre? —le he preguntado.

—No. No es que esté mal, es que está ligado al pasado y, no sé, me gustaría cambiar. Y quizá la mejor forma de empezar es cambiarme el nombre.

—¿Y cómo te gustaría llamarte?

—¿Cómo crees tú que debería llamarme? —Al preguntarme esto me ha sonreído por primera vez, una sonrisa amplia y cargada de coquetería.

—Greco —he contestado enseguida, intentando no sonrojarme.

—¿Greco?

—Sí, por el pintor.

—Me gusta. Sí, me gusta mucho, la verdad. A partir de ahora puedes llamarme Greco.

—Encantada de conocerte, Greco —le he dicho al tiempo que le tendía la mano.

Él me la ha estrechado con firmeza y eso me ha encantado. No soporto a los tíos que te saludan con la mano floja como si tuvieran miedo de que fueras a romperte por el simple hecho de ser chica.

Nos hemos quedado unos segundos callados, sin saber qué decir. Los primeros rayos del sol empezaban a colarse por entre los árboles.

—Es extraño: aquí no se escucha nada, ni siquiera los pájaros. —Lo ha dicho sin mirarme, como si se lo dijera a sí mismo.

Tiene razón. Dentro de estos muros el silencio es como si estuviera vivo. Se siente tan presente, tan pesado, como si fuera un manto que cubriera todo este lugar perdido en mitad de la nada.

—Es cierto. No se escucha nada, solo el arroyo —he admitido.

—Con tantos árboles, en medio del bosque, cualquiera creería que debería haber un montón de pájaros. —Sus ojos tristes se han perdido en el horizonte de ramas.

—O de insectos. —Giulietta ha aparecido de repente, sobresaltándonos—. En esta época debería haber mariposas por todas partes —ha dicho con aires de entendida.

Y luego ha añadido:

—Parece que vosotros dos también tenéis el sueño ligero, parejita.

Greco y yo nos hemos sonrojado al instante y Giulietta ha soltado una risilla maliciosa.

Entonces, de detrás de unos de los pabellones ha

aparecido corriendo el monitor de gimnasia, un tipo rapado que nunca suda a pesar de que se pasa el día trotando y dando saltos. Cuando nos ha visto se ha dirigido a nosotros con el ceño fruncido, como si nos hubiera pillado tratando de incendiar el bosque.

—¿Qué hacen ustedes aquí? ¿Conspirar? —nos ha increpado, con un fuerte acento extranjero que no he sabido ubicar.

—Nada —ha contestado Greco—. Tomar el aire.

—¿Cómo han salido del edificio?

—Estaba abierto —he contestado.

—Venga, dejen de perder el tiempo. Vayan a la clase de gimnasia. ¡Pero ya! ¡Al trote!

Por un momento, me han entrado ganas de chillarle que nos dejara en paz; luego he pensado en preguntarle por los pájaros. Pero no he abierto la boca. No he tenido ni valor ni fuerzas. Creo que nunca he hecho tanta gimnasia en mi vida como en estos dos días que llevo aquí. He sentido ganas de llorar, pero entonces, Greco me ha sonreído con complicidad, como diciendo «sé lo que estás pensando», y al instante me he sentido mejor.

4 GRECO

Sabía bien lo que pensaba Iris.

Ya me había fijado en ella en la primera clase, y ahora fui yo quien la busqué. Mi primera impresión fue que era una chica inquieta, menos tímida que el resto, poco paciente. Por esa forma de ser, callada pero nerviosa, intuí que se parecía a mí y supuse que también estaba sufriendo en la Fénix. En realidad, nadie podía estar contento en la Fénix. Lo supe por el tono en que comentó mi apreciación sobre los pájaros. Me resultó tan extraño que no hubiera rastro de la presencia de animales, que no tuve más remedio que decirlo. Iris pensaba en su casa, en enfrentarse al monitor de gimnasia y perderlo de vista para siempre; y puede que en violencia, en un estallido de violencia. Sí, aquello era tan insólito que daba pie a que nuestras mentes, lejos de reformarse, se vieran inducidas a rebelarse. Nunca he deseado tanto convertirme en pájaro como allí.

Antes de entrar en la Fénix, siempre estaba escuchando música, y se me hacía raro tanto silencio. Por un lado echaba en falta mi iPod; por otro lo agradecía, porque todas las canciones me recordaban a Laura. Y en la Fénix el silencio era una regla inquebrantable. Solo se podía hablar si un profesor te preguntaba algo. Sin duda, la organización no estaba a favor de que nos relacionáramos entre nosotros.

Las clases de gimnasia no me gustaban. Aquello de saltar vallas, correr, estirar, flexionar y esprintar me sacaba de quicio. No había ni rastro de ejercicios con pelota. Ningún ejercicio en equipo. Todo se basaba en la individualidad. Cada vez que sonaba el silbato, debíamos cambiar de ejercicio y, si te equivocabas, cincuenta flexiones de castigo. Mientras las hacías ante el monitor, el resto podía descansar, por lo que se fomentaba la competencia al desear que el otro, cualquiera, se equivocase para poder reposar y respirar aunque fuera un minuto. El sonido del agua se escuchaba por el torrente de las fuentes, pero estaba prohibido beber. La teníamos ahí, cerca, pero si te veían acudir a ella a refrescarte, estabas castigado. Solo cuando finalizaba la clase y el monitor nos daba permiso para beber. Si tuviera que definir la Fénix en dos palabras diría cemento y agua.

Estaba cansado después de la clase de gimnasia y, al ir a las duchas, me sorprendió que un vigilante permaneciera mirándonos. Era también un tipo rapado. Tenía el mentón y los pómulos marcados y vestía una camiseta ajustadísima a través de la cual se le marcaban las abdominales como a los boxeadores que había visto en la tele alguna vez. Cuando Geoffrey, un chico que a primera vista parecía iba de listo, se quitó la camiseta y la lanzó al suelo en señal de enfado, el monitor se acercó, lo cogió del brazo y lo mandó limpiar todos los retretes, los nuestros y los de las chicas, sin ni siquiera ducharse y ante su atenta vigilancia. Eran duchas abiertas. Todos nos mojábamos bajo el chorro de agua en silencio, como si aquella presencia no nos permitiera hablar. Querían reformarnos en serio y no nos quitaban ojo. Los chorros de agua eran abundantes. Recordé mis entrenamientos, cuando tenía trece o catorce años y los jugadores de mi equipo de fútbol nos duchábamos, nos hacíamos bromas y tonteábamos con las toallas. Nada de eso se nos permitía en la Fénix. Bastaba la mirada de aquel vigilante para mantener el silencio y el orden. No sé si era más inquietante que amenazador, o viceversa.

Todavía hoy me sorprendo de que siga con vida.

Lo más fácil en la Fénix era sentirse solo. El miedo que te inculcaban bastaba para que nadie quisiera apandillarse con nadie. Podía más el miedo que las ganas de integrarse o socializar. Conocer a Iris me permitió tener una confidente. Después de dos días sin hablar con nadie, me vino bien. Para un corazón roto como el que yo tenía al ingresar en la Fénix, encontrar alguien con quien compartir la pesadumbre del momento fue como un bálsamo. Aunque ella dormía en el barracón de las chicas y yo en el de chicos, ambos se comunicaban por un largo y estrecho pasillo donde estaban los baños y las duchas. Los barracones eran unas amplias alas que contaban con habitaciones sin puertas y con cuatro literas. Cada mañana, a las seis y media nos despertaban con un timbre ensordecedor.

A decir verdad, yo estaba despierto mucho antes, me desvelaba con facilidad y, cuando sonaba el estruendoso timbre, mi cabeza ya estaba dando vueltas: al pasado, a Laura, a todo lo que nos estaba prohibido utilizar en la Fénix (el iPod, el móvil, los cigarros, el alcohol), a mis padres, a los meses que me faltaban para cumplir los dieciocho y poder hacer mi vida y, por supuesto, a los días que faltaban para salir de la Fénix. Porque en mi mente tenía dibujado un calendario y cada día que pasaba era como un alivio inmenso. Sin embargo, ese alivio no podía con el suplicio de ver en el calendario imaginado los días de los dos meses que quedaban amontonándose en una larga hilera.

Acostumbrado como estaba a pasar las tardes de los últimos meses con Laura y sus amigos en el parque, donde fumábamos y bebíamos, confieso que los primeros días mi organismo echaba de menos la cerveza y el humo. No sé. Todo ello mezclado con el recuerdo era como un peso que no sabía descifrar. ¿Qué me pasaba exactamente? ¿Cómo identificar ese sentimiento contrariado? ¿Qué echaba en falta realmente? ¿A Laura o a mí con Laura? No lo sé. No sé si fue ese día o al día siguiente, lo cierto es que no tardé en descubrir que mi desazón provenía de la soledad a la que me había arrastrado la traición de Laura. La humillación de que volviera con Jay, el más mayor de su grupo, que ya tenía diecinueve años y una Kawasaki de 750, no era superior al vacío que sentí al verme fuera de la banda. Me avergonzaba tener que volver a mis antiguos amigos del colegio y decirles que lo sentía, que me aceptaran de nuevo porque Laura, después de haberme utilizado para conseguir lo que quería, me había dejado. Lo que Laura quería no lo supe hasta entonces, porque cuando uno se enamora no ve más allá de esa persona, de sus gestos y, sobre todo, de su cuerpo. Pero una vez terminó todo, recordé su primer beso, después de que robara para ella aquel perfume sin que me diese cuenta, fue ella quien lo colocó en el bolsillo de mi cazadora. Luego dijo que no, que lo tenía en la mano. Y la creí. ¡Cómo no creerla cuando te miraba con aquella sonrisa suya!

Pero Laura nunca estuvo enamorada de mí, sino de Jay. Me utilizó para quitárselo de la cabeza: fui un juguete, el perro fiel que le vino bien mientras él pasaba de ella y se liaba con otras; todo el mundo lo sabía menos yo. Luego, tan pronto le pidió volver, me dejó sin reparos. Lo que para ella era un juego, un pasatiempo, para mí fue mi primer amor.

Después de las duchas, a la hora de la cena, entrábamos en el comedor. Lo que más me sorprendió fue que no era un comedor normal, ¡era un aula llena de pupitres individuales! Se comía como se estudiaba. De cara a la pizarra en la que permanecían nombres de personajes que desconocía o derivadas y raíces cuadradas, con soluciones falsas algunas y otras acertadas. La pizarra estaba repleta de problemas de aritmética y soluciones. ¡Y también había frases en latín y en griego! Como si fuera un resumen de todo lo que nos enseñaban en clase. A mí las frases en latín me parecían amenazas, cuyo sonido como de exorcismo (eso me recordaba a mí) me producía escalofríos. Y en las paredes, nombres de antiguos alumnos que ahora triunfaban en la vida como lo haríamos nosotros tras salir de la Fénix.

Ni siquiera en las comidas estaba permitido hablar. Cogías tu bandeja de aluminio, escogías un primero, un segundo y un postre y te sentabas, siempre en el mismo sitio, separado de los demás como en las horas de clase. He de ser sincero, porque todo esto es verdad, y puedo asegurar que vi compañeros sufrir durante las comidas, porque el ejercicio de comer no era un momento de relajamiento, era un castigo más, un ejercicio matemático, otro problema que resolver. A veces, muchas, mientras masticaba la verdura sin rastro de sal ni aceite, creía que mi cabeza me iba a estallar; desde el primer plato hasta el postre, comer era un acto de calculada tortura que terminabas odiando.

Ese día me fijé con más atención en Geoffrey, el chico que había tirado al suelo la camiseta y que nadie hubiera dicho que pudiera atreverse a levantar la voz. Me miró a través de sus gafas, que lleva sujetas a la cabeza con una goma elástica. Enseguida vi que con esa mirada entablaría complicidad.

La verdad es que me parecía el chico más agradable de todos los que allí estábamos. Mi primera impresión es que era una persona que transmitía bondad y cierta predisposición al conformismo. Por eso me había sorprendido tanto su estallido en los vestuarios. Recuerdo que pensé que, con un poco de tiempo, podría llegar a ser uno de mis mejores amigos en la Fénix; solo faltaba que se atreviese a saltar el obstáculo que imponía en él la timidez, porque desde que estábamos allí no le había visto hablar con nadie. No acababa de entender qué hacía un chico como él en la Fénix. No tenía pinta de dar problemas ni de ser un rebelde sin solución. Quizá daba esa impresión por las gafas, no sé.

Mientras comía reparé en que tendía a acercar demasiado la cara al plato. Me hizo gracia y pensé qué manía tan rara de encorvarse de aquel modo… Si mi madre me hubiera visto hacer ese gesto, estoy seguro de que me hubiera corregido de malas maneras. Se observaba en Geoffrey una expresión particular, la pantomima que mi madre hubiera condenado con gritos y es probable que con algún zarandeo. El rostro de Geoffrey manifestaba extrañeza y curiosidad al mismo tiempo. A veces podías pensar que se estuviera riendo de todos los vigilantes y de la directora y de las normas y del control e incluso de todos los demás.

Las gafas que usaba eran un poco anticuadas, como si le hubieran dado una montura hallada en un viejo cajón, un regalo herencia de sus bisabuelos. Resultaba cómico y sorprendía, pues si había algo que diferenciaba a Geoffrey del resto de chicos era su prevención, su falta de protagonismo, como si su principal intención, más que aprender y ser mejor, fuera pasar desapercibido y que su paso por la academia consistiese más en una anécdota que en una experiencia increíble. Puede que hubiera en él cierto temor a mezclarse, vete a saber por qué.

Después de la comida pensé en preguntarle por el modelo de gafas, pero me dio corte. No me atreví. Hay cosas que pueden resultar ofensivas. Tuve que esforzarme para contenerme.

A la mañana siguiente repetimos clase de latín en la misma aula. Pasó el día con la lentitud aplastante de las cosas que pesan. Era un sentimiento que aprendí los primeros días y al que había que habituarse: en la Fénix, los días pesaban. Oscurecía temprano y ese era el único medidor del tiempo. Aquellas tardes sombrías eran para nosotros una metáfora de nuestro futuro si no acatábamos las normas.

Hubo clase de gimnasia bajo una intermitente lluvia. Carreras, flexiones, estiramientos… Hacia el final tenía el sonido del silbato metido en el cerebro; eran unos pitidos que sabía que tardarían en irse porque seguirían repiqueteando durante horas en mi inconsciente como un goteo perpetuo. Lo más curioso es que fue Geoffrey quien se me acercó después de la clase de gimnasia y, tras ponerse las gafas, me dijo:

—Sin gafas no veo nada.

—¿Nada?

—Prácticamente nada —aseguró, esbozando una sonrisa tímida.

Había un vigilante cerca que observaba nuestra conversación.

—¿Cómo es posible? —pregunté en voz baja.

—Según mis padres es una miopía total. A veces, si no llevo gafas, no veo ni la comida del plato.

—¿Desde cuándo? —quise saber.

—Desde que era pequeño. Mi madre dice que si me porto bien y saco todo sobresaliente me operarán. Hoy en día se puede solucionar. Según mi madre, entras en el hospital por la mañana, te sierran con un láser la córnea y sales por la tarde viéndolo todo. Solo que es muy caro.

No entendía muy bien qué era la córnea. Sin duda él estaba más familiarizado que yo con ese lenguaje.

—¿Y a mí me ves?

—No, qué va, cuando te miro veo un bulto. —Y luego, riéndose de mí, añadió—: ¡Un bloque de cemento asqueroso, jajaja!

Aproveché su buen humor para saber más de él. Le hice la pregunta que nos hacíamos todos los primeros días.

—¿Por qué estás aquí? ¿Has suspendido muchas?

—Qué va, he aprobado todas, pero mi madre me ha enviado a la Fénix para, como ella, dice, «cambiar la actitud». Siempre está con el «cambio de actitud» en la boca, es muy pesada, pero puede que tenga razón: me dan prontos, tengo arranques de furia, como ayer con la camiseta, y mi madre quiere que los corrija. Desde siempre han estado muy encima, no tengo hermanos, y no me gusta que me manden, por eso a veces me entra la rabia y...

Escuchaba hablar a Geoffrey y él se sentía a gusto explicándome sus cosas. De alguna manera agradecía que me interesara por él.

—¿Sabes lo que dice mi madre de mis gafas?

—No

—Que las trate como si fueran mi mejor amiga. Mi madre lee muchos libros y quiere que yo también lea, por eso descubrió mi deficiencia, porque tenía que acercarme mucho a todo para identificarlo. Ella siempre dice que cuide de mis gafas, que las quiera como a mí mismo. ¿Por qué? Porque, como le decía mi abuela, las cosas son como las personas, si nadie les tiene cariño no sirven para nada.

Esa última frase de Geoffrey me descubrió un chico sensible. No le hice mucho caso entonces, pero con el tiempo la he conservado en la memoria.

A la salida de las duchas, un par de vigilantes se acercaron a nosotros y detuvieron nuestro paso. Con solo notar su presencia, un temblor zarandeó mis piernas. Posaron su mirada sobre Geoffrey.

—Este es el de la camiseta de ayer— dijo uno de ellos, señalándolo.

—De acuerdo —añadió el otro, antes de apuntar una equis en una libreta y empezar a alejarse.

Sentí cómo se apoderaba de mí la inquietud y, en cuanto desaparecieron, intenté preguntar algo a mi compañero, pero de pronto me vi sin fuerzas para hablar. No me salían las palabras. Fue él quien me dijo:

—No te asustes, Greco. —Ya todo el mundo me llamaba así, y la verdad era que me gustaba—. Estarían pasando lista.

Esa noche Geoffrey no apareció en la hora de la cena y no vino a dormir al barracón de los chicos.

Varios compañeros lo comentamos en voz baja. No era la primera vez que sentí miedo, pero sí la primera que sentí que iba en serio y que el miedo no iba a dejarme ser yo mismo. Ser uno mismo, sí, entonces lo descubrí: ser uno mismo en la Fénix era por un lado lo que podía condenarte y, por otro, también lo único que podría liberarte. El miedo de aquella noche no me dejó dormir. Daba vueltas al destino de Geoffrey y especulaba con su ausencia, si estaría en la torre gris o si lo habrían devuelto con sus padres y si volveríamos a verlo. La noche era una corteza negra, un barracón, más grande que aquel en el que tenía que dormir, cerrado a cal y canto, como si nuestra vida estuviera encajonada en depósitos, uno más espacioso que el otro. Y el único ruido que se oía era el soplo del viento; a ratos resultaba similar al que hace el afilador de cuchillos cuando acciona la rueda de amolar para sacar filo a la herramienta. O al menos eso nos parecía a nosotros. El viento soplaba con fuerza: me sorprendía que no pudiera escuchar el ruido de las hojas de los árboles o el golpe de ninguna de las pocas contraventanas que había. Prueba inequívoca de que cerraban perfectamente. O de que fueran de mentira. Me había fijado en que a veces había puertas que no parecían más que pinturas perfectas.

De pronto me vinieron ganas de ir al lavabo, necesitaba orinar. Sabía que no estaba permitido levantarse durante la noche. Por eso, antes de acostarnos, nos obligaban a ir al lavabo, y un monitor nos vigilaba mientras meábamos. Pero el hecho de beber tanta agua, el simple hecho de imaginarme el sonido del agua después de escuchar su torrente en las duchas y en las fuentes, hizo que no me pudiera controlar. Di vueltas en la cama, cada vez más nervioso, moviendo las piernas y respirando hondo. No quería abandonar la cama. Pero no había forma de controlarlo. Pensé en hacerlo allí mismo y luego disimularlo, esperar a que se secara; pero no era posible y era una guarrada. En una excursión que hicimos en tercero, recordé a un compañero que se meó en la cama; al día siguiente expusieron su saco de dormir mojado al sol, y la vergüenza del niño fue tan grande que nunca más quiso apuntarse a ninguna otra excursión.

Me vino aquel recuerdo a la mente y decidí levantarme. Tenía miedo. Sentía como si me temblara el corazón. Al pisar el suelo, descalzo, un repentino frío se apoderó de todo mi cuerpo. Era una sensación que mezclaba vacío y soledad. Las plantas de mis pies acumulaban el frío que luego se repartía por mis extremidades. Cuando llevaba unos cuantos pasos, escuché algo similar a una dicción que me asustó. Tardé en identificar que era la voz de alguien que decía en voz baja:

— Chist, Chist, Greco, Greco.

Con más miedo que interés, me acerqué a la oscuridad, adentrándome en el lugar de donde procedía aquella voz, que según mi instinto pertenecía al pasillo, antes de que tuviera que doblar para encontrar los servicios.

Iris no estaba sola. Giulietta estaba con ella. Palpé el brazo frío de Iris y ella me devolvió el saludo cogiendo mi mano. Me la apretó fuerte como antes, cuando nos saludamos por primera vez.

—¿Qué hacéis aquí? —pregunté en voz baja.

—Hemos venido al lavabo —confesaron entre risas.

—¿Juntas?

—Sí. —Se rieron más, tanto que tuvieron que esforzarse por controlar la risa antes de añadir muy coquetas—: Siempre vamos juntas.

Me gustó mucho escuchar cómo reían, pues era el único indicio de alegría que reconocía en mucho tiempo.

—Hace frío, ¿no?

—Sí, por eso hemos decidido buscar mantas.

—¿Estáis locas?

—¡Es que hace mucho frío por la noche! Y no nos atrevemos a pedir que nos den una.

—Son capaces de llevaros a la torre gris solo por eso.

Pero Iris, para mi vergüenza, cambió de tema.

—Greco, ¿se puede saber por qué mueves tanto las piernas?

Si hubiera habido luz, seguramente habrían visto cómo se me subían los colores a la cara.

—Es que me estoy meando —confesé.

—Pues venga, ve —dijeron las dos entre risas.— Te esperamos.

Cuando regresé con ellas buscamos una esquina donde sentarnos. El suelo estaba helado, pero podía más la aventura de estar despiertos mientras la Fénix dormía. Entonces, sentados, les hice saber mi preocupación por la ausencia de Geoffrey.

—No ha venido a dormir. ¿Dónde estará?

—No lo sé, esta gente es capaz de cualquier cosa —dijo Giulietta.

—Lo mismo se lo han llevado a la torre gris —aventuré.

—No sé —dijo Iris, encogiéndose de hombros.

—¿Qué habrá ahí dentro?

—La verdad, prefiero no tener que averiguarlo.

Después de estar un rato más hablando y comentando la desolación del lugar, cuando el temor a que alguien nos descubriera iba en aumento, los tres decidimos que lo mejor sería dormir algo. Pero eso sí, también los tres convinimos en que de ahora en adelante sería bueno vernos por las noches, los tres juntos, como esa noche, a solas en la oscuridad, para poder hablar, aunque fuera en voz baja, sin ningún vigilante impertinente al lado.

Pero entonces, cuando ya nos habíamos puesto en pie y le había soltado la mano a Iris, a nuestra espalda se escuchó algo así como un portazo y el sonido de unos pasos fuertes en la oscuridad. Iris me apretó la mano de nuevo y nos volvimos a la vez para ver lo último que esperábamos ver.

5 IRIS

El mejor momento del día es el despertar, esos cuatro o cinco segundos antes de reconocer dónde estás. Luego todo se te viene encima como en una pesadilla; solo que es una pesadilla muy real: no estoy soñando, estoy en la Academia Fénix, el lugar que ha conseguido «enderezar» a generaciones de hombres y mujeres que hoy son destacados miembros de la sociedad... O eso repite la directora, miss Fury, con su voz atronadora, una voz que parece tener cientos de años a cuestas. ¿Y qué pasa si yo no quiero que me «enderecen»? Sé que no soy perfecta pero, ¿no son las imperfecciones lo que nos distingue de los demás, lo que nos diferencia a unos de otros? Si no, todos seríamos iguales, como cromos repetidos, un ejército de clones grises. Y claro que he cometido errores, como lo de quemarle la moto al memo de Jonas, pero ¿cómo voy a crecer sin cometer errores? Recuerdo las clases de biología en el instituto: la vida tal como la conocemos es fruto de miles de años de evolución. Y, al fin y al cabo, yo apenas acabo de cumplir los dieciséis. ¿Se supone que Ivette es más madura que yo porque nació siete minutos antes? Si realmente fuera más madura podría haberse puesto en mi lugar por una vez y haber intercedido por mí ante nuestros padres. Pero no. Recuerdo la expresión de satisfacción de su cara cuando me dijeron que me iban a traer aquí y que, mientras ellos tres estarían de crucero por el Mediterráneo, poniéndose morenos bajo el sol de las islas griegas, yo estaría encerrada y aislada del mundo como si fuera un peligroso terrorista. Ivette y yo, tan idénticas en la apariencia que puedo saber cómo me va a quedar un vestido si ella lo lleva puesto, pero tan diferentes en todo lo demás.

Poco a poco, mis ojos se van adaptando a la oscuridad de la habitación que comparto con otras cinco chicas, incluida Giulietta. Miro hacia su cama y descubro que no está. Supongo que habrá ido al baño, a pesar de que está prohibido levantarse antes de que suene el timbre. El resto de mis compañeras respiran pesadamente, sumidas en sus sueños profundos. ¡Qué envidia! La verdad es que no sé por qué no puedo hacer lo mismo: terminamos el día agotados físicamente por las clases de gimnasia y mentalmente por el resto de materias y, sobre todo, por la tensión a la que nos someten aquí. Es como si quisieran minar nuestra voluntad... Y está claro que se les da muy bien.

De pronto siento que tengo que pensar en otra cosa o no tendré fuerzas para continuar. Me levanto de la cama y, sin hacer ruido para no despertar a mis compañeras, me acerco a los lavabos. Todo está oscuro, apenas entra algo de claridad de la luna por las ventanas que están al final del pasillo. Antes de ver a Giulietta, la oigo sollozar. Está apoyada en una pila del lavabo, mirándose en el espejo con una expresión de niña que se ha perdido.

—Hey, hey, ¿qué te pasa? —Me acerco hasta ella—. ¿Por qué lloras?

Se vuelve y me mira y trata de esbozar una sonrisa. Luego dice:

—Mira qué cara. No soy nadie sin maquillaje.

—Pero si eres preciosa —le digo tratando de animarla, pero sin faltar a la verdad: Giulietta es guapísima—. No te hace falta maquillaje con esa piel de melocotón que tienes y esos ojazos.

Ella niega con la cabeza, como dándome a entender que no se trata de eso:

—Apenas reconozco mi reflejo en el espejo —dice estirando con evidente desagrado la chaqueta del chándal que lleva, el chándal gris y sin formas que todas llevamos.

Entonces comprendo por qué llora Giulietta: el maquillaje y la ropa son las armas con las que una chica se enfrenta al mundo cada mañana, son al mismo tiempo su escudo de protección y su tarjeta de presentación; y todo eso nos lo quitaron el primer día al llegar aquí, dejándonos indefensas y sin argumentos.

Sin darle tiempo a protestar, le doy a Giulietta un fuerte abrazo.

—Tía, tienes más fuerza de la que parece —dice riendo.

La suelto y le digo:

—Sí que la tengo, ¿verdad? Debería acercarme

adonde quiera que duerma miss Fury (si es que esa bruja duerme), darle una buena patada en su arrugado culo y luego marcharme por la puerta sin volver la vista atrás.

—Pues sí, eso deberías hacer. ¿Me llevas contigo?

—Por supuesto, pequeña —contesto poniendo mi mejor acento de *cowboy*—. Conmigo estás a salvo.

Ambas nos reímos de buena gana y, por un momento, la imagen de Ivette me viene a la mente y trato de recordar cuándo fue la última vez que nos reímos juntas. No lo consigo.

—¿Por qué te dejaron tus padres aquí? —me pregunta—. ¿Qué hiciste que fuera tan malo?

—Le quemé la moto a un imbécil por enrollarse con mi hermana gemela en vez de conmigo. —Y al decirlo en voz alta me doy cuenta de lo infantil que suena.

Giulietta se ríe:

—Vaya, nunca hubiera dicho que eras una pirómana.

—Mis padres tampoco. Supongo que les entró miedo de que le hubiera cogido el gusto a lo de quemar vehículos y me diera por incendiar el garaje —me río. De pronto, toda la angustia que tenía hace apenas unos minutos, tumbada en la cama, ha desaparecido.

—¿Y tú? —le pregunto—. ¿Por qué estás aquí?

—Le pegué a uno de mis profesores.

—¿Qué? —me vuelvo a reír. Cuesta creer que Giulietta le pueda pegar a alguien con esos bracitos pálidos suyos.

Como si intuyera mis pensamientos, añade:

—Le di una buena patada con mis Martens en... Bueno, en sus partes —dice sin poder evitar sonreír.

—Guau. Entonces quizá seas tú la que tenga que protegerme a mí y darle su merecido a la directora. ¿Qué es lo que te hizo? ¿Te suspendió?

—¿El profesor? No. Trató de besarme.

De pronto ambas nos ponemos serias.

—¿Se sobrepasó?

—Es una larga historia.

—No puedo escapar de aquí hasta dentro de siete semanas —le digo, guiñándole un ojo para animarla a hablar.

Giulietta suspira profundamente. Apoyamos la espalda contra una de las paredes de azulejos y nos dejamos resbalar hasta sentarnos en el frío suelo.

—Duncan, el profesor Hill, es realmente guapo. Alto, elegante, con una voz que parece envolverte y que hace que cualquier cosa, incluso la Reforma protestante, sea una lección interesante. Reconozco que yo empecé a tontear con él. Ya sabes, le hacía preguntas después de clase y lo miraba fijamente cuando me cruzaba con él por los pasillos. Pero era algo completamente inocente. Al menos por mi parte. Todas las chicas tenemos a alguien con quien fantasear, eso hace que la rutina diaria sea menos aburrida. Pero jamás, y puedes creerme, pensé en tener algo con él.

—Te creo —le digo. Y ella me mira agradecida.

—La cuestión es que un día me lo encontré en los aparcamientos, detrás del instituto. Yo había estado estudiando en la biblioteca y, cuando salí, era la hora de cenar y no había ni un alma en los alrededores. La verdad es que mi instituto puede ser un poco siniestro de noche, así que estaba algo nerviosa. Por eso, cuando vi que se acercaba a su coche, me sentí aliviada y grité su nombre para llamar su atención. Él se giró y me saludó con la mano. Parecía contento de verme. Me contó que había estado corrigiendo exámenes (de hecho, me felicitó por el mío, y añadió que al decirme eso estaba saltándose las reglas). Se ofreció a llevarme a casa en coche y pensé: «¿por qué no?». Al principio fue muy educado, me animó a cambiar de emisora si la música no me gustaba y me preguntó cuáles eran mis grupos favoritos. Ese rollo. Pero luego, al pararse en un semáforo, colocó la mano sobre mi hombro y me dijo que se había fijado en cómo lo miraba. Entonces me puse nerviosa. Me dijo que podría meterse en un lío, pero que por una chica tan guapa como yo valía la pena correr el riesgo y que la historia podría funcionar si yo sabía mantener la boca cerrada. Y ahí es cuando me asusté de verdad. Pero no fue el susto lo peor, sino la decepción. Descubrir que él no era diferente, que no era un verdadero caballero. ¿Entiendes lo que quiero decir o te parezco una niñata tonta?

—Claro que te entiendo —le respondo—. Tú habías fantaseado con un hombre íntegro y ahora descubrías que era un miserable capaz de tratar de seducir y aprovecharse de una adolescente.

—Exacto. Exactamente eso. Y entonces trató de besarme. Le di un empujón todo lo fuerte que pude, me quité el cinturón y, aunque quiso retenerme, conseguí salir del coche y empecé a correr. Entonces, escuché cómo me gritaba que era una guarra y que más me valía no contar nada porque nadie creería a una chica que se vestía como una furcia.

—¡Qué cerdo!

Giulietta asinte.

—Ni te imaginas qué rabia sentía. Sus palabras me estuvieron rebotando en la cabeza toda la noche, y lloraba de pura rabia lamentándome por no haberle contestado, por no haberle puesto en su sitio. Apenas pude dormir. Así que a la mañana siguiente, antes de empezar las clases, lo vi en uno de los pasillos llenos de alumnos que entraban en las aulas, hablando con otro profesor. Me fui directo hacia él y, sin darle tiempo a decir palabra, le di una patada en sus partes con todas mis fuerzas. Los dos caímos al suelo, yo de culo por la fuerza del impulso y él retorcido de dolor. Te juro que durante unos segundos me sentí de maravilla. De pronto, me di cuenta de que todo el pasillo estaba en silencio. Hasta que los demás alumnos empezaron a reírse y a gritar chorradas. Parecía el comienzo de una revolución. Me levanté y traté de irme, pero el otro profesor me agarro. Total, que acabé en el despacho del director con mis indignados padres. Les conté, delante del profesor Hill, lo que había pasado la noche anterior. Por supuesto, él lo negó todo y le dio la vuelta a la historia: dijo que se había ofrecido a llevarme a casa en coche y que ese había sido su error, porque yo me había abalanzado sobre él y había tratado de besarlo, por lo que se vio obligado a invitarme a bajar, y que entonces yo le había amenazado con difamarlo y arruinarle la carrera por sentirme despechada.

—¡Menudo tipejo!

—Pero eso no fue lo peor. No. Lo peor es que todo el mundo, incluidos mis padres, creyeron su versión. ¡Mis propios padres piensan que voy por ahí besando y acosando a profesores! Por supuesto, me expulsaron del instituto.

—¡Pero eso es muy injusto!

—Y sabes qué es lo más triste. Lo más triste es que jamás he besado a nadie. Jamás. Y sin embargo ahora todo el mundo cree que soy una especie de pervertida sexual.

Reconozco que me sorprende. Yo he besado a dos chicos en mi vida. Pero nada serio, rollitos de verano. Recuerdo la primera vez. Fue con Eduardo, un chico español durante las vacaciones en Mallorca. Y recuerdo que fue decepcionante. Ya sé que por el hecho de que te besen no vas a sentirte emocionada como si fuera un festival de fuegos artificiales o como si bajaras por una montaña rusa. Pero esperaba que fuera más especial. No sé, que fuera menos un simple acto físico.

Entonces suena el timbre para despertarnos y Giulietta y yo damos un respingo por el susto.

Durante todo el día me siento mejor: Giulietta y yo nos hemos abierto y al menos me llevé algo bueno de la estancia en este espantoso lugar: una amiga de verdad.

Y ademabas está Greco. Durante las clases nos buscamos con la mirada, pero no coqueteando, sino buscando ánimo y apoyo el uno en el otro. A pesar de no poder hablar entre nosotros cuando estamos rodeados de los monitores, tenemos una evidente complicidad. Un buen rollo que, como si fuera cosa del destino, nos hace coincidir esa misma noche. Giulietta y yo nos levantamos ateridas de frío. La temperatura baja muchísimo por la noche; nadie diría que estamos en pleno mes de julio. Además, todas hemos empezado a perder peso, con lo que tenemos menos energía para combatir el frío. Así que Giulietta y yo decidimos salir en busca de mantas. Hay una habitación justo en el pasillo que separa nuestro pabellón del de los chicos, de la que hemos visto sacar mantas a los monitores. Sigilosamente, nos movemos en la oscuridad como si fuéramos ladronas. Tenemos miedo de encontrarnos con alguno de los esbirros (así es como los llamaba Giulietta) de la directora, que esté velando por nuestro sueño. Pero, sorprendentemente, no nos encontramos con nadie. Supongo que nos creen tan cansados y aterrorizados que no piensan que podamos (o nos atrevamos a) levantarnos de nuestras camas. Lamentablemente, la puerta del cuarto de la ropa de cama está cerrada.

—Si fuéramos unas auténticas delincuentes sabríamos abrir la puerta con una horquilla o algo así —bromea Giulietta.

—¿Una horquilla? ¡Si nos han quitado todas nuestras cosas! —me río yo.

Entonces escuchamos unos pasos que vienen del otro pabellón. Nos asustamos y nos acurrucamos en la oscuridad. Entonces vemos la silueta alta y delgada de Greco, que se asusta tanto de nosotras que casi nos da un ataque de risa. No puede dormir y se ha levantado para ir al baño. Por un momento, el hecho de estar ahí los tres despiertos, en la oscuridad silenciosa de este sitio olvidado del mundo, es una aventura emocionante. Pero de pronto escuchamos un ruido, una especie de pasos que provienen del final del pasillo. Instintivamente agarro las manos de mis dos amigos y nos volvemos asustados. Entonces vemos lo que menos esperamos. ¡Es un pájaro! Pero un pájaro extrañísimo: del tamaño de un hombre adulto, con una cabeza grande erizada de plumas y unos andares más humanos que animales. Nos apretujamos en la oscuridad, aterrorizados. La silueta del pájaro se recorta contra la luz de la luna que entra por las ventanas del final del pasillo. Parece que asoma su cabeza en las habitaciones como buscando algo o, tal vez, comprobando que todo está en orden.

—Se parece a la directora —susurra Giulietta.

Es cierto. En la distancia, se puede decir que aquél pájaro no es sino miss Fury disfrazada.

Entonces, tal como ha aparecido, de pronto el pájaro desaparece al doblar una de las esquinas, como si fuera un mal sueño.

Estamos al menos cinco minutos en silencio, inmóviles, temerosos de que aquella criatura vuelva a hacer aparición. Finalmente, me incorporo y me atrevo a decir lo que estoy segura que mis dos amigos piensan:

—Tenemos que escapar de este lugar cueste lo que cueste.

6 GRECO

Pronto reparé en que no echaba de menos a mis padres. Si bien es cierto que añoraba la comida y las condiciones de vida de mi casa, en absoluto me venían ganas de escribir una carta o de buscar un teléfono para llamar a mi madre. El tiempo que uno pasaba en la Fénix estaba destinado a pensar en ella, la Fénix, la gran madre de todos los internos. Tanto control, tanta vigilancia conseguían que a nuestra imaginación le costara sobrepasar los límites del internado. El pensamiento se centraba en la Fénix. Igual que nuestro cuerpo no podía salir de allí, también nuestra capacidad mental de evasión se veía reducida. Las clases de latín a primera hora, las declinaciones, la seriedad de los profesores, la individualidad promovida desde la dirección y los exámenes sorpresa, que eran casi diarios, hacían que no existiera ningún momento de diversión o distracción. Ni siquiera las clases de gimnasia servían para distraernos. No existía el alivio. Todo era tensión, y esfuerzo. Y vigilancia. El ocio estaba censurado, absolutamente controlado por el séquito de hombre rapados vestidos siempre de gris.

Al segundo día de ausencia de Geoffrey todavía no me había atrevido a preguntar a nadie por él. De hecho nadie preguntaba nada. La directora pasó por la clase durante la comida. En la pizarra escribió «El esfuerzo es la semilla del éxito» y «Lo único que os hará libres es el trabajo» y luego nos pidió que reflexionáramos sobre ello mientras masticábamos como autómatas, muertos de hambre. El estómago se habituó enseguida a las comidas sin sal y a la escasez, y el gesto que más repetí durante aquellos meses fue el de asentir. Si algo aprendí fue a decir que sí con la cabeza. Cuando un alumno levantó la mano y pidió más comida, la directora, incrédula, lo cogió del brazo, lo levantó con esa fuerza de animal que poseía y como si fuera un despojo lo entregó con furia a un vigilante mientras decía:

—¡Este todavía no sabe que el estómago es un animal de costumbres!

El silencio volvió a adueñarse del espacio. Hasta dejaron de oírse los cubiertos.

Iris se giró y me miró. Por la forma en que lo hizo pude leer en sus ojos el miedo, o el alivio. Yo levanté mi bandeja, que estaba completamente limpia, rebañada, para que la viera, y ella hizo lo propio con la suya: la levantó ante sí, y al estar tan limpia y ser de aluminio, pude ver perfectamente el reflejo de su cara en ella. Iris, al darse cuenta, sacó la lengua en señal de burla y estuve a punto de reír. Me gustó mucho ver la bondad de su cara reflejada en la bandeja como en un espejo. Entendí que ella, igual que yo, había estado a punto de preguntar si podía repetir. Luego me fijé en el detalle que esperaba: la vi llevarse al bolsillo la cuchara, disimuladamente y aprovechando la entrega de bandejas. Y reí para mis adentros.

Por la tarde, después de la clase de gimnasia, cuando ya nos estábamos empezando a olvidar de él, ¡apareció Geoffrey!

Muchos de nosotros tuvimos el impulso de ir a su encuentro, pero nos contuvimos. Ahora que ha pasado el tiempo y los recuerdos de la Fénix duelen menos y afortunadamente —y sin saber cómo— puedo escribir esto, sé que no fue nuestro instinto el que se frenó para evitar el abrazo, fue su presencia, el modo en que apareció, lo que aplacó el ímpetu.

Geoffrey caminaba menos encorvado que antes. Miraba al frente. Se sentó en el aula, ocupó su mesa y sacó su libreta. La colocó sobre el pupitre y esperó como un androide a que alguien le ordenara hacer algo.

Pero no era eso lo más sorprendente: lo peor era que no llevaba gafas.

Aprovechando el momento en que todos los internos ocupaban sus mesas generando barullo, me acerqué hasta su sitio y le dije:

—¿Qué te han hecho, tío?

Geoffrey giró la cabeza, buscó mis ojos con los suyos y contestó:

—Estoy mucho mejor.

Por un momento recordé a Geoffrey lanzando al suelo la sudadera, rebelde y disconforme, y me pareció todo muy extraño.

Antes de irme a mi sitio, el propio Geoffrey me agarró por el brazo de tal forma que me obligó a agacharme y como si quisiera decirme algo al oído, añadió:

—Esto es una oportunidad para empezar de cero en nuestras vidas.

Quise soltarme, deshacerme de él, pero me había cogido de tal manera que no pude librarme:

—Espero que tú también la aproveches cuando te toque —añadió antes de soltarme y unos segundos antes de que le preguntara:

—¿Y tus gafas? ¿Dónde están?

—Eso es problema mío, a lo mejor el que necesita gafas eres tú.

Ocupé mi sitio sin poder evitar que un escalofrío me recorriera el cuerpo: aquel no parecía Geoffrey. Y traté de imaginarme qué diablos le habrían hecho en la torre gris para que volviera tan cambiado en tan solo un par de días.

No me dio tiempo a seguir cavilando, porque en aquel preciso momento la directora entró en el aula. Todos clavamos, como siempre, nuestra mirada en ella. Era la única que vestía de negro. Fue mirando a todos, uno por uno, y como quien dice una gran noticia que la satisface enormemente anunció:

—Esta noche no habrá cena para vosotros.

Nadie se atrevió a protestar, aunque la rabia nos corría por dentro.

—Si queréis una explicación, se la podéis pedir a Abraham cuando vuelva. Seguro que sabe dárosla.

¡Abraham era el chico que se había atrevido a pedir más comida unas horas antes!

—Lo que no quiere decir que no vayamos al aula de comer —la directora siguió hablando para nosotros, como si todo aquello le hiciera gracia y reconfortara su ánimo—. Os sentaréis a cenar, sí, pero con las bandejas vacías. Así aprenderéis a fortalecer el estómago.

En una pantomima absurda, todos simulamos cenar: nos llevamos las cucharas vacías a la boca y hacíamos como si tragáramos.

Al terminar la cena imaginaria, Iris me buscó con la mirada e hizo un gesto cerrando el puño como tratando de darme ánimo. No cabía duda de que era una chica extraordinaria.

Luego, por la noche, nos encontraríamos al amparo de las sombras Giulietta, ella y yo; y entonces sí, entonces podríamos hablar como hacíamos cada noche. Para quedar a una hora determinada y dado que no teníamos reloj, los tres decidimos dormirnos con un objeto en la mano. Los tres resolvimos robar una cuchara, uno en cada comida, para no llamar la atención. La idea era acostarnos con la cuchara en la mano por fuera de la cama; así, en cuanto el cubierto cayera al suelo, el ruido nos despertaría, esconderíamos a toda prisa la cuchara dentro de la funda de la almohada y acudiríamos a la esquina del pasillo que precedía a los servicios. No había margen de error. Iris y sus planes eran lo mejor de la Fénix. Cuando estaba con ella, no me acordaba de Laura ni de mi antiguo apodo, incluso me venían ganas de escribir Greco como si fuera mi verdadero nombre y hacer una nueva firma.

7 IRIS

Mi cuchara cae al suelo al mismo tiempo que la de Giulietta. Las guardamos en las fundas de las almohadas y nos levantamos con sigilo, asegurándonos de no despertar a nuestras compañeras. Nos hemos acostado vestidas para no perder tiempo. Mirando con cuidado, nos acercamos a la zona intermedia entre los dos pabellones, donde hemos quedado con Greco. En nuestro recuerdo sigue muy presente la imagen del extraño pájaro de anoche. La luna está creciendo y hay un poco más de claridad que ayer. Greco está parapetado en las sombras y sale a nuestro encuentro llevándose un dedo a los labios para indicarnos que guardemos silencio.

—Hola —saluda en un susurro—. No he podido dormir nada, así que me he levantado antes y he investigado: la puerta de salida no tiene llave, está cerrada electrónicamente, supongo que deben abrirla desde fuera. Pero creo que el piso de arriba está vacío.

Mentalmente, me hago un mapa del piso de arriba, que cubre el pabellón de los chicos y el nuestro, donde se encuentran algunas de las aulas, varias estancias cerradas y una especie de biblioteca, con unos cuantos bancos y mesas y las paredes laterales cubiertas de estanterías llenas de libros.

—¿Propones que subamos? —pregunta Giulietta.

—¿Por qué no? —contesta Greco—. Las puertas de este piso también están cerradas. Además, mi padre es algo así como un militar frustrado y tiene toda una colección de libros de estrategia; en todos pone que antes de una batalla hay que reconocer bien el terreno.

—Entonces, ¿vamos a librar una batalla? —digo medio en broma medio en serio.

Greco me responde sin sonreír:

—Yo no sé qué le han hecho a Geoffrey en la torre gris, pero sea lo que sea lo ha asustado bastante como para que parezca otra persona. Así que debemos estar preparados para que ninguno de nosotros tres tenga que pasar por lo que él ha pasado.

Tiene razón. En fila india, pegados a la pared, subimos por las escaleras con mucho cuidado, tanteando cada escalón. En el piso de arriba, además de la luz de la luna, entra rasgada la de la farola que hay encima de la puerta de entrada. Y hace más frío. En el pasillo principal, vemos los retratos de algunos de los alumnos destacados que han pasado por aquí. Los más recientes son fotos en color, pero hay otros que son cuadros al óleo, lo que te lleva a preguntarte cuánto tiempo lleva abierta la Academia Fénix, cuándo empezó su carrera de sometimiento de jóvenes descarriados. Por primera vez me fijo en la arquitectura de este edificio. Mientras la torre gris, un antiguo molino, es cilíndrica y las estancias de la directora y de los monitores son rectangulares, igual que el comedor, nuestros pabellones forman una especie de cubo, al menos visto desde afuera. Sin embargo, desde dentro cuesta visualizarlo así porque se suceden los cruces de pasillos, hay huecos desiguales entre las puertas, las aulas tienen espacios muy diferentes y la biblioteca tiene un extremo circular. Es como si hubieran añadido estancias con el paso de los años. Esta impresión se refuerza al descubrir que, en medio del pasillo donde están los retratos, hay lo que al parecer fue una chimenea, ahora cerrada con ladrillos grises que hacen juego con el color de las paredes.

Nos acercamos a la biblioteca sin dirigirnos una palabra. Todos los libros son de estudio: no hay novelas, nada de literatura. Abundan los tomos de mitología, desde fábulas nórdicas hasta leyendas de los indios americanos. También hay multitud de diccionarios, incluidos uno de esperanto y varios de latín. También en esta estancia hay colgados retratos de antiguos alumnos, intercalándose algunos que parecen del siglo XIX con otros mucho más recientes, sin ningún criterio aparente. Algunos son de artistas, pero la mayoría son de empresarios y políticos, incluidos un par de primeros ministros. Greco hojea algunos de los títulos con interés.

—No te pondrás a estudiar ahora —le digo en broma.

—Hay libros de topografía. Quizá podamos encontrar un mapa de la zona —me dice muy concentrado.

Entonces me siento un poco avergonzada: mientras

yo estoy viviendo este paseo como una aventura, él se lo ha toma como una misión. Y está claro que ese es el espíritu.

—¿Dónde está Giulietta? —pregunta Greco alarmado.

Me giro y descubro que Giulietta no está con nosotros. De pronto, se me encoje el corazón.

—Estaba aquí hace un rato.

—Psst. Hey, venid. —Es Giulietta que reaparece entre las sombras—. Creo que he encontrado algo.

De vuelta al pasillo principal, seguimos a Giulietta hasta una de las muchas puertas que hay.

—No está cerrada con llave —anuncia.

Con cuidado, apretujados los tres, empujamos la puerta y Greco asoma la cabeza.

—No hay nadie.

Se trata de un cuarto alargado y estrecho con una mesa polvorienta en medio, un enorme horno, unos fogones y varios armarios y alacenas.

—Parece que hemos descubierto la vieja cocina —dice Giulietta.

Tiene razón. Me recuerda a la cocina de mi abuela, en la antigua mansión familiar. Entonces me viene una imagen a la cabeza. Miro a mi alrededor hasta que vislumbro un armario de dos puertas empotrado en una ancha columna. Me acerco decidida y lo abro de par en par: estaba en lo cierto.

—Es un antiguo montacargas —les explico a mis dos amigos—. Seguramente por aquí bajaban los platos, las ollas y la mantelería.

Giulietta y Greco se asoman. Por los resquicios de los costados se cuela un poco de claridad.

—¿Adónde creeréis que conducirá? —pregunta Greco.

—Lo que está claro es que no tiene salida a nuestros pabellones porque lo habríamos visto —comento—. Seguramente debe llegar más abajo, hasta el sótano o hasta un cuarto de calderas.

—Pues tendremos que averiguarlo —dice Giulietta y, acto seguido, se asegura de que la madera aguantará su peso.

—¿No irás a meterte ahí? —pregunta Greco tan sorprendido como yo por el ímpetu de nuestra amiga.

—Quizá ahí abajo haya comida, o mantas... O una salida. Pero si nos quedamos aquí nunca lo sabremos.

—Ten mucho cuidado —le imploro.

Giulietta se sienta sobre sus piernas en la caja del montacargas. Es tan menuda que cabrían dos como ella.

—¿Estás segura? —pregunta Greco, agarrando las cuerdas que tiran de las poleas. Yo me apresuro a ayudarlo.

—Bajadme.

Con mucho cuidado, quitamos el seguro y sujetamos las cuerdas. Si ahora se nos escapara, Giulietta caería a peso hasta el fondo. Lentamente, vamos tirando y soltando cuerda. Poco a poco, Giulietta desciende en la caja. Greco y yo estamos pegados hombro con hombro. La verdad es que cuesta menos de lo que pensábamos: la cuerda es tan gruesa que el mecanismo del montacargas se desplaza con lentitud. Al cabo de más o menos un minuto, la cuerda llega al tope. Giulietta debe haber llegado al sótano. Greco y yo aguardamos en silencio, tratando de afinar el oído. Por un momento, me dejo llevar por un mal presentimiento y me imagino a la pobre Giulietta topándose de bruces con el pájaro que se parece a la directora, o con la propia directora. Me imagino que se encienden las luces y los esbirros de la Fénix nos sorprenden allí, y tengo ganas de salir corriendo y volver a mi cama y taparme con las sábanas. Pero cojo aire y respiro profundamente.

—Seguro que está bien —me anima Greco, aunque en su cara se dibuja la misma inquietud que apuesto se refleja en la mía.

Entonces notamos como Giulietta tira de la cuerda. Nos apresuramos a subirla. Después de unos segundos que se nos hacen eternos, aparece la cara sonriente de nuestra valiente amiga. Sus ojos azules brillan como no los he visto brillar desde aquel primer día que nos conocimos en el aparcamiento. Greco fija el seguro y le tendemos la mano a Giulietta para que salga.

—Cuenta: ¿qué hay abajo?

—Es un sótano, como sospechábamos. Hay varias tuberías que recorren el techo, que es mucho más bajo que este. Greco, mañana tendrás que agacharte.

—¿Mañana? —pregunta Greco, visiblemente agobiado por la idea de meterse en la caja del montacargas—. ¿Es que quieres que bajemos ahí mañana?

—Sí. Hay un pequeño ventanuco que da a la parte posterior del edificio y está abierto. Si nos colamos por ahí, podremos salir al exterior e investigar.

—Estupendo —digo—. Deberíamos explorar para ver hasta dónde llega el muro.

8 GRECO

En todo aquel miedo había una dosis de aventura que en realidad era lo que nos hacía sentirnos activos. Aunque sabíamos que si nos pillaban se acababa nuestra historia, el secreto nos hacía sentirnos fuertes. La noche se convirtió en nuestro espacio de liberación. Mientras los guardianes de la Fénix creían que nos tenían presos en las camas, nosotros habíamos encontrado nuestro propio espacio para ser nosotros mismos, sin imposiciones. El miedo era constante, sí; pero en nuestra rebeldía había una adicción.

Las primeras noches en que me levantaba de la cama, todavía preso de la sospecha que me provocaba el ruido de la cuchara por si este habría despertado a alguien que decidiera seguirme u observarme, tuve muy presente una frase que había oído decir a mi padre años atrás. Yo era más pequeño, debía de tener ocho años, aquel verano que mi padre quiso que pasáramos en el pueblo de la abuela. Por las tardes solía jugar al fútbol con otros niños del pueblo, siempre de portero, como prefería. Una noche en que después de cenar reparé en que me había olvidado los guantes, mi madre dijo que no hacía falta ir a por ellos, que allí estarían a la mañana siguiente. Pero entonces mi padre añadió:

—Siempre y cuando los jabalís no los devoren.

Entonces empecé a quejarme. No sé a ciencia cierta si llegué a llorar o no, pero sí recuerdo el pánico que sentí y expresé en voz alta. Deseaba aquellos guantes, eran nuevos y nadie tenía otros como aquellos en el pueblo.

Mi padre me ordenó:

—Levántate, que vamos a por ellos. Tú llevarás la linterna.

Salimos de casa juntos y, a mitad de camino, cuando ya pisábamos las afueras del pueblo y los cantos de cigarras se mezclaban con el batir de alas de algunas aves nocturnas, ante nosotros y para mi total sobresalto, pasó un zorro, como una presencia. Yo iba con pantalones cortos y aquella visión fugaz me rozó la espinilla y me asusté tanto que llegué a gritar mientras me abrazaba a la cintura de mi padre al tiempo que soltaba la linterna y la dejaba caer. Mi padre siguió impasible.

—No temas. Ha pasado de largo y no venía a por ti.

—¿Cómo lo sabes?

—Porque el miedo respira —respondió mi padre, feliz de que estuviera asustado.

—Pero ¿cómo puede respirar el miedo, papá? Si el miedo no es una persona, ni un animal —le pregunté a mi padre, encogiéndome de hombros.

—El miedo respira en ti, antes de que te alcance. Cuando crezcas lo entenderás: el miedo guía tu respiración y tus pulsaciones. —Y yo seguí alumbrando el camino sin entender nada, rumbo a la era donde seguían estando los guantes, donde los había dejado, entre los juncos.

Por eso en la Fénix, cuando llegaba la noche, después de recoger la cuchara y esconderla dentro de la funda de la almohada, antes que nada escuchaba las respiraciones de los demás compañeros, sobre todo de los más cercanos. Una mezcla de espiraciones llenaba la sala. Cansancio, pesadumbre y aprensión se recluían en las mentes dormidas de los compañeros. ¿Qué soñarían? La Fénix no era lugar para tener dulces sueños, pero quién sabe, los sueños no se pueden vigilar. ¿O sí? ¿Podrían controlar nuestros sueños? Por lo pronto, nadie soñaba en voz alta, ninguna palabra atravesaba el cargado ambiente de la habitación. Solo cuando notaba que las respiraciones de mis vecinos eran largas y cercanas al resuello, y que de verdad eran respiraciones propias del descanso, me ponía en pie y salía. Y luego, cuando veía a mis amigas, durante aquellas noches, ¡cuantísimas veces escuché el miedo en la respiraciones de Giulietta y de Iris!

Maldita seas, Academia Fénix.

Poco a poco noté cómo la imagen de Laura acudía con menor frecuencia a mis pensamientos. Empecé a ser consciente de que se alejaba de mi vida. Uno se olvida de las cosas sin darse cuenta. De pronto un día descubres que el dolor de acordarte de alguien ya no duele, que flota en el aire que respiras, sí, pero que ya no duele de la misma manera. No sé, como si la vida fuera un inmenso puzle desordenado y los días del calendario, el paso del tiempo, fueran los encargados de ir encajando las piezas en sus debidos huecos. Lo cierto es que el recuerdo de Laura dejaba de doler paulatinamente. No temía la llegada de su recuerdo, aunque, para ser sincero, a menudo aún me preguntaba si sería capaz algún día de olvidarme de ella para siempre. ¿Por qué seguía empeñado en eliminarla, en arrancarla de mi vida? ¡Tonto de mí! Tardé en darme cuenta de que en la vida no se puede borrar a nadie ni a nada del pasado. Antes de entrar en la Fénix había borrado su número de móvil, pero daba igual, porque lo sabía de memoria. Así sucede con tantas cosas. Ahora no tenía móvil, ni ninguna riqueza que no fuera las ganas de huir y la imaginación.

Muy de vez en cuando, y solo por las noches, cuando salía de la cama, también recordaba a mi padre, su predisposición a la valentía y al orgullo. Empecé a entender por qué me había enviado a la Fénix. Incluso por momentos, viendo aquellos retratos, temía encontrarme con alguno de él. Pensé que a lo mejor él también había sido alumno de la Fénix en el pasado.

Quizás mi padre, ese hombre perfecto, ese hombre tan diferente a mí, había tenido un pasado subversivo y también había precisado de la Academia Fénix para que lo recondujera por el camino de la virtud y la corrección de las que tanto hablaba miss Fury.

Era todo complicado. Era fácil caer en el abatimiento.

De día había pocas ocasiones para hablar. En los vestuarios algunas veces, en el aula durante el cambio de materia, de camino a la clase del comedor y poco más. Aquellos días todas las conversaciones giraban en torno a la figura de Abraham. Seguía desaparecido. Ya era el segundo día y no había ni rastro de él. ¿Dónde estaría? ¿Qué harían con él? ¿Cuándo volvería? ¿Lo veríamos de nuevo? Pensar en su ausencia era interesarse por Geoffrey. Él era el único que podía decirnos lo que supuestamente harían en la torre con Abraham.

Edgard, un chico muy delgado, espigado y con pintas de pasota que no solía hablar con nadie, se me acercó camino del comedor y me dijo:

—¿Has visto cómo ha vuelto ese?

Era común referirse a Geoffrey como «ese». Y era muy común en la Fénix encontrarte con alguien que, sin venir a cuento, te soltaba un comentario. Apreciaciones hechas de buenas a primeras que dejaban al descubierto la incertidumbre y el recelo. Tampoco era fácil decidirse por alguien para entablar una conversación. No sabías con quién apandillarte. No podías saber a ciencia cierta quién era quién, y mucho menos entre los chicos. Muchos jugaban a ser valientes. No era fácil hacerse un hueco. Entre ellos me sentía pequeño. Tenía miedo al ridículo. Si tuviera la valentía de mi padre, quizás hubiera sabido detectar a tiempo las traiciones y las conductas de los demás. Pero si hubiera sido valiente como mi padre no hubiera tenido que venir a la Fénix. Tampoco me hubiera dejado humillar por Laura y todo hubiera sido diferente. De momento, el consejo que no podía quitarme de la cabeza me lo había dicho Iris la noche anterior: «la clave está en no destacar, así no tendrán que llevarnos a la torre». ¡No destacar!

—Pregúntale tú a Geoffrey, a ver qué te dice.

Por eso, para evitar ser protagonista, sugerí a Edgard que fuera él quien se atreviese.

—Si me acompañas tú, sí.

—No.

—¿Le tienes miedo?

—Después de comer te acompaño —cambié de opinión para no mostrar cobardía.

Edgard era tan delgado que nada más verlo sufrías por él. Era solitario, tan retraído que podía dar pena. Una vez le pregunté por qué estaba en la Fénix y, como si repitiese la alineación titular del Manchester United, dijo:

—Mis padres están separados. Ninguno me hace caso, sé que soy una carga para ellos, pero los dos quieren que sea perfecto. Me han mandado aquí porque así este verano tienen un problema menos.

No pude rebatirlo. Ni supe animarlo ni supe qué decirle. «Pobre Edgard…», pensé.

Comimos lo poco que había en la bandeja en total silencio. Iris y yo cruzamos nuestras miradas apenas un segundo. Iris, Iris, Iris. Me gustaba observarla. La veía de espaldas, curvada sobre el plato, sorbiendo poco a poco, muy despacio, para que durara más. Estiraba el plato de sopa como si fuera un chicle. Fue ella quien me recomendó cortar los alimentos en muchos trozos, muy pequeños, lo más pequeños posibles, para así engañar al cerebro y conseguir la sensación de que había más.

El plato de arroz con un pescado que no supe identificar se acabó antes de que pudiera sentir su peso en el estómago, pero comer viendo la espalda de Iris era un buen condimento.

En la pizarra, doctrinas y números. Los vigilantes alrededor, merodeando, atentos, manteniendo compostura y orden. Ni siquiera se hablaban entre ellos si no era estrictamente necesario.

Después de comer, Edgard me buscó y los dos nos acercamos a Geoffrey. Aprovechamos el pasillo que conducía a la clase de matemáticas. Fue Edgard quien habló, sin levantar mucho la voz:

—Oye tú, camarada —le puso la mano en el hombro—. ¿Sabes qué demonios le están haciendo a Abraham?

—¿De quién me hablas? —Geoffrey detuvo el paso y apartó la mano de Edgard. Serio y sin que le temblasen las palabras, lo miró a los ojos mientras terminaba—. ¿Qué Abraham?

—Pues Abraham, el chico que se llevaron el otro día, el pobre chaval que pidió un poco más de comida.

—Ah, sí, ese maleducado.

—¿Pero qué dices?

—Sinceramente, está donde mejor puede estar.

—¿Qué te hacen allí? Tú has estado y sabes lo que hay en la torre.

—Solo puedo decir que me alegro por él, puede considerarse afortunado.

Entonces empezó a caminar de nuevo, y Edgard y yo seguimos tras él para atender a lo que nos seguía diciendo:

—No hay nada peor que la gente que no sabe apreciar las oportunidades que la vida le depara.

—¿De qué estás hablando, tío? —añadió Edgard a su espalda y casi gritando.

—Como dicen las grandes personas, en esta vida se puede ser cualquier cosa, menos desagradecido. Espero que cuando os llegue el momento, sepáis agradecerlo.

—¿A quién? —Era yo el que preguntaba. ¡Me sorprendí al dejar escapar esa pregunta de mis labios!

—Al agua, al agua de la que procedes —dijo para mi asombro, clavando sus ojos en mi boca.

Y entonces Edgard dejó de seguirle el paso. Desistió y me miró, levantó el dedo derecho y se lo puso en la sien al tiempo que le dijo:

—Una de dos: o está pirado o le han lavabo el cerebro.

No, no estaba pirado. Geoffrey no tenía pinta de estar loco. Eso lo tenía claro. Era lo poco que tenía claro. Además, ahora veía sin necesidad de usar gafas, como si ya no hubiera rastro de su deficiencia visual. El agua, el agua: ¿qué tendría yo que agradecer al agua?

Entramos en clase y me senté. Mientras copiaba los ejercicios de las derivadas especulé acerca de Abraham. ¿Dónde estaría? ¿Lo habrían llevado a la torre? ¿Qué harían con él allí? ¿Qué tenía que ver el agua con todo esto? Debía avisar a Iris de las respuestas que brindaba el nuevo Geoffrey cada vez que alguien lo acometía o le pedía explicaciones.

La única cosa que tuve clara fue que nadie debía enterarse jamás de nuestras reuniones nocturnas. Un chivatazo sería mortal para nosotros. De ahora en adelante habríamos de extremar las precauciones, no solo con los vigilantes y con la directora, sino también con Geoffrey. Su actitud dejaba al descubierto un claro posicionamiento a favor de ellos.

Por la tarde volvimos a clase de gimnasia. Mientras nos cambiábamos en el vestuario nadie abrió la boca.

La mirada del vigilante controlaba desde la puerta todos nuestros movimientos. El primero en cambiarse fue Geoffrey, que se colocó ante el vigilante, el primero de la fila. En el patio, contra lo que era habitual, lucía el sol y por primera vez desde que llegué a la Fénix me acordé de que era verano. ¿Qué hora sería? ¿Las tres y media? ¿Las cuatro? Al notar el sol en la cara eché de menos el mar, la playa a la que mis padres y yo habíamos ido durante tantos años, hasta que murió la abuela y mi padre vendió la casa. Este verano no sería como los otros. Y el sol que iluminaba el patio era intenso como la ausencia de mar que me esperaba por delante. Empecé a correr como si persiguiera el olor de aquellos veranos, un intenso aroma a mar, a ropa recién tendida, a una vida diferente.

Este verano en la Fénix la vida me daba la espalda: por unos segundos, odié a mis padres; y no miento si juro que entonces pensé en que, en cuanto cumpliera los dieciocho años, me despediría de ellos para siempre.

¿Qué habría dentro de la torre? ¡Ni corriendo hasta el agotamiento podía quitarme de la cabeza esa idea!

Durante la sesión me cansé de observar a Geoffrey.

A menudo actuaba como si supiera lo que nos iba a decir el vigilante. Tenía sed y sufría por Giulietta, que se cansaba más que el resto y respiraba por la boca y, al hacerlo, una especie de asma se apoderaba de ella. Me pregunté si el miedo del que hablaba mi padre respiraría por la boca. Me esforcé por borrar del pensamiento todo lo que implicara miedo.

Tras acabar la sesión, después de las duchas, fue Edgard quien volvió a acercarse a mí. De tan delgado que era se le marcaban las costillas de tal modo que con un mínimo de esfuerzo podías contarlas.

—Tío, esto es insoportable.

—Tenemos que aguantar —le dije para animarlo.

—No puedo más.

—Pues no queda otra.

—Necesito fugarme de aquí.

—¿Fugarte? ¿Cómo?

—Acompáñame, por favor.

—¿A dónde?

—Tú ven y verás.

Llevado por la curiosidad, acompañe a Edgard detrás de los barracones. Para mi sorpresa, se agachó y empezó a escarbar en la tierra.

—¿Qué haces?

—Ya no aguanto más. Quiero fumar.

—¿Estás loco, Edgard? ¡Está prohibido!

—¿No te apetece?

—En absoluto. —El tabaco me recordaba a Laura.

—Pues vete, cobarde.

Acto seguido se puso en pie, me miró y me fijé en que sus manos sujetaban un paquete de tabaco. Era rojo y blanco, y en su interior también había un encendedor Zippo, que sacó. De pronto me dio por pensar en sus padres separados, ajenos a su soledad, cada cual por su lado, enviándolo a la Fénix para evitar hacerse cargo de él en verano, apartándolo de sus vidas para que no moleste.

—Lo escondí el primer día. Todavía no me había atrevido, pero ya no aguanto más. En esta esquina no hay ventanas, así que es imposible que nos vean.

Eso era cierto. Aquella esquina detrás de los barracones estaba resguardada de miradas extrañas por una pared de ladrillos y por las ramas bajas de los árboles.

—Este es mi secreto. No digas nada a nadie.

—Yo no quiero saber nada de esto— le dije al tiempo que me daba la vuelta. Cuando comenzaba alejarme, escuché que Edgard decía:

—Hasta muerto estaría mejor.

Me sorprendió la gravedad de su voz y me giré justo para ver cómo en ese momento encendía el mechero. De pronto, un fuerte viento se levantó detrás de donde él estaba. Lo hizo con tanto ímpetu que pareció que se rompiera el cielo. Vi el rostro de Edgard, lleno de placer al inhalar el humo. Di unos pasos atrás y me giré para ver cómo volaban hojas en la intemperie del patio. Cuando miré hacia arriba guiado por la inercia, lo vi: el cielo se quebraba. Noté la humedad de la lluvia antes de que comenzara a caer.

—Vete —escuché que me decía Edgard, fumando con ansia al tiempo que se apresuraba a enterrar de nuevo el paquete de cigarrillos y el encendedor.

Lo dijo como si hablara con la pared, como si supiera lo que vendría después.

No hizo falta que me lo repitiera dos veces: no sé por qué, el pánico se apoderó de mí, como una especie de instinto de supervivencia. Me fui deprisa. En cuanto hallé una puerta, entré para que nadie me viera; respiraba por la boca como si fuera el miedo quien me hubiera recomendado esconderme.

A Edgard no lo volví a ver nunca más. Ese Edgard no

volvió a aparecer. ¡Qué maldita manera de ir perdiendo compañeros! Por una rendija de la puerta pude ver cómo pasaban tres vigilantes, que corrían junto a miss Fury, cuyo cuerpo temblaba, pero seguía corriendo como un militar aproximándose hacia el patio, hacia las duchas, a por Edgard, ¡acompañada de Geoffrey!

9 IRIS

Esta noche el cielo amenaza lluvia. Bueno, me digo a mí misma, aunque sea verano, estamos en Escocia. A pesar de las nubes, cuando en medio de ellas aparece la luna, esta brilla llena, poderosa. Cuando llegamos a nuestro punto de encuentro, Greco ya nos está esperando. Al vernos, se le ilumina la cara con una sonrisa que hace que te sientas contenta de ser tú quien la ha provocado.

Sin mediar palabra, subimos con el sigilo habitual hasta el piso de arriba. No hemos vuelto a tropezar con el pájaro extraño, pero sabemos que no fue una alucinación, que esa criatura debe rondar por alguna parte, así que somos muy cautos y miramos en todas direcciones antes de cada paso. Giulietta suele mirar incluso hacia el techo, temiendo que algún peligro pudiera estar agazapado a la espera de saltarnos encima. Puede sonar irracional, pero en eso es en lo que te convierte el miedo, en un ser irracional. Aun así, hemos pactado no hablar de ello con ningún otro compañero, en parte para no alarmarlos, pero también para evitar llamar la atención.

Antes de doblar cada esquina, Greco, que se siente en el deber de abrir la marcha aunque sé que tiene el mismo pánico que nosotras, estira la mano hacia atrás y me sujeta el brazo. Su contacto siempre me resulta reconfortante. Me pregunto si, de habernos encontrado en una situación y en un lugar diferentes, alguna vez habríamos hablado. Y lo mismo me pasa con Giulietta. Si ella y yo fuéramos al mismo instituto, probablemente nunca habríamos cruzado una palabra. Simplemente por dar por hecho que el vestir de forma diferente significa que somos diferentes. Es una pena cómo a menudo, por no ser más abiertos, podemos perdernos la oportunidad de conocer a gente más parecida a nosotros que nuestra propia familia. Sí, me refiero a Ivette. Y, a pesar del rencor que le guardo por no haber intercedido por mí antes nuestros padres, me alegro de ser yo la que está aquí y no ella, porque sé que Ivette no habría aguantado la presión de este sitio. No es que crea en el destino, eso son tonterías para gente sin imaginación; pero, en cierta forma, empiezo a sentir que estoy aquí por alguna razón. Creo que saldré de la Academia Fénix cambiada. Pero cambiada para mejor, no convertida en un autómata como Geoffrey. O quizá es que le quiero encontrar sentido a lo que estamos pasando aquí. Porque si no saco algo bueno de haber venido a este lugar olvidado por el mundo, todo esto no sería más que una broma cruel.

Me meto en la caja del montacargas y le enseño los pulgares alzados a Greco en señal de que estoy preparada. Empieza a bajarme con cuidado. Cuando llego al sótano, Giulietta me está esperando con una sonrisa de emocionada complicidad. Parece que la noche le da fuerzas: durante el día se la ve frágil, mermada físicamente. Pero al levantarnos para nuestras aventuras nocturnas luce como si se hubiera tomado cinco cafés bien cargados seguidos. Echo un rápido vistazo alrededor. Todo es como ella había descrito: un espacio alargado, de techos bajos surcados de tuberías y manchas de humedad en las paredes. Hay un par de ventanucos sucios por los que se filtra la luz del exterior y varios cajones de madera tirados aquí y allá.

Como no nos fiamos de nuestras fuerzas para bajar a Greco a pulso, Giulietta y yo agarramos la palanca de freno del montacargas y lo vamos soltando poco a poco, de manera que la caja se deslice lentamente. Greco llega hecho un ovillo; al salir de la caja suelta un suspiro de alivio, y pienso que no está hecho para estar encerrado; ninguno de los tres lo estamos.

Me sorprende con cuanta rapidez mis ojos se han habituado a la oscuridad. Aun así, seguimos nuestro ritual de avanzar en fila india y pegados a la pared. Por si acaso. Al llegar al ventanuco, Greco se sube a uno de los cajones y lo abre. Asoma primero la cabeza, luego medio cuerpo, mira en todas direcciones y luego espera unos segundos, escuchando con gesto atento, como si estuviera barriendo la zona con un radar.

—¿Estamos seguros de que queremos hacer esto? —nos pregunta.

—Por supuesto —dice Giulietta.

—Tenemos que hacerlo —contesto.

Greco sale al exterior y nosotras lo seguimos. A lo

lejos, la luz de la luna dibuja el lateral del edificio del comedor y, un poco más allá, el edificio de la directora y los monitores. Y, justo después, recortada en la noche, la torre gris, como una pieza gigante de ajedrez. Encima, como si de un faro se tratara, una potente luz barre la oscuridad.

—Parece que estamos prisioneros en un campo de concentración —digo.

—Si tienen un tipo manejando ese foco, es que ahí dentro guardan algo valioso —apunta Greco.

—O que esconden algo que no quieren que se sepa —añado.

—Esa torre da mucho miedo —dice Giulietta, que mira en la misma dirección que yo.

—Eso es porque no sabemos lo que es, qué esconde dentro. Cuando lo averigüemos, seguro que ya no dará tanto miedo —propone Greco.

—O puede que aún sea peor —digo yo, y al momento me arrepiento de haber abierto la boca: Greco trataba de reconfortarnos y yo he tirado sus planes por tierra sin querer.

Decidimos ir en dirección contraria a los otros edificios. Nuestra idea es ver hasta dónde alcanza el muro, averiguar si existe alguna otra salida que la alta puerta metálica por donde entramos el primer día.

—Ya sé que estamos cansados de todas las clases de gimnasia, pero creo que deberíamos correr hasta alejarnos de este edificio, no vaya a ser que haya algún vigilante en una de las habitaciones de arriba y dé la señal de alarma.

Giulietta y yo asentimos en silencio.

Greco echa a correr con ganas y nosotras lo seguimos. A pesar del cansancio que acumulamos, el miedo es más fuerte que el dolor de músculos e impulsa nuestras piernas; el miedo a que nos descubran es como gasolina para nuestros castigados cuerpos.

Pronto llegamos a una zona boscosa. Nos detenemos. Giulietta se apoya en el tronco de un árbol para recuperar el aliento:

—Si salgo de esta, prometo que no volveré a correr en la vida. Ni para coger el autobús.

Lo ha dicho como una broma, pero la frase «si salgo de esta» delata que lo que estamos viviendo no es ninguna broma. No puedo evitar pensar que solo somos unos chiquillos asustados que están tratando de escapar de algo que no entendemos, de algo que no creemos merecer. Todo lo que queremos es hacer borrón y cuenta nueva. Empezar desde cero una vida mejor. Pero no una vida como la que suele mencionar miss Fury, que suena a amenaza, y en la que nosotros no tenemos voz ni voto. Queremos una vida en la que podamos tomar nuestras propias decisiones y convertirnos en individuos con personalidad propia, no en soldados de un ejército gris. No dejo de preguntarme si mis padres saben cómo nos tratan aquí dentro. Me cuesta creer semejante crueldad por su parte. Quizá algún conocido de mi padre le habló de este sitio, de cómo había obrado un milagro con sus hijos, y mi padre, que desde que cumplí los catorce me observa con esa cara que mezcla preocupación y decepción, pensó que pasar el verano aquí me serviría de escarmiento. En cualquier caso, hubiera deseado que hablara conmigo, que me prestara más atención.

Después de un breve descanso seguimos andando en línea recta. Detrás de nosotros, ya hemos perdido de vista los pabellones. Frente a nosotros, una oscuridad arbolada se extiende hasta donde podemos vislumbrar.

—Parece que los terrenos de la academia son más vastos de lo que pensábamos —dice Greco.

Durante unos minutos que nos parecen eternos, seguimos caminando en silencio. Un silencio que de pronto se rompe con un murmullo largo. Como si fuéramos un ballet perfectamente sincronizado, los tres nos detenemos al mismo tiempo.

—Es un arroyo —dice Giulietta.

—Me vendría bien un trago de agua —anuncio.

—Todo se lo debemos al agua —dice Greco.

—¿Cómo? —se sorprende Giulietta.

—Es algo que dijo Geoffrey y que no deja de darme vueltas en la cabeza.

—Vete a saber qué lavado de cabeza le habrán hecho en la torre gris.

—Algo tienen que haberle hecho para que haya vuelto tan serio —añade Greco.

—¿Os habéis fijado que ya no llevaba gafas? —observo—. ¿Cómo puede ser que ya no las necesite?

—Es rarísimo —coincide Greco—. Hasta ayer no podía ver sin ellas ni el plato en el que comía.

Al llegar al arroyo, los tres nos agachamos en la orilla y bebemos utilizando las manos a modo de cucharones.

—Qué fresca… —empiezo a decir, pero siento que

la mano de Greco me tapa la boca. Le miro sorprendido y veo que hace un gesto para que mire en dirección contraria. Lo hago y al instante me alegro de tener la boca tapada por su mano porque lo que veo casi me hace soltar un grito: a unos ciento cincuenta metros siguiendo la orilla del riachuelo se dibuja una silueta que se mueve en la oscuridad.

Al principio creo que es el extraño pájaro que vimos la otra noche, pero luego juraría que es una figura humana. Moviéndonos lo más lentamente que podemos, a gatas, los tres retrocedemos para evitar que lo que sea que está ahí delante nos descubra. Un pie se me resbala al agua con un pequeño chapoteo. Instintivamente, los tres nos detenemos. Ahora mismo somos estatuas. Yo ni siquiera me atrevo a abrir los ojos. Escucho cómo una ráfaga de viento sopla entre los árboles. Me decido a mirar. La silueta sigue ahí; imposible saber si nos ha visto o no. Noto cómo mis amigos siguen retrocediendo, pero mi zapatilla hace ventosa con el fango del fondo del riachuelo y no me atrevo a tirar con fuerza por miedo al ruido que haría.

—Se me ha enganchado la zapatilla en el fondo —susurro.

—Desátatela, luego volvemos a por ella —me dice Greco.

Así lo hago.

Retrocedemos a cámara lenta hasta parapetarnos detrás del tronco de un árbol. Los tres asomamos la cabeza, yo por encima de la de Greco, que está tumbado completamente sobre la hierba, y Giulietta por encima de la mía. «Debemos parecer un tótem indio», pienso.

Para terminar de empeorar la situación, empieza a llover. Una lluvia escocesa, claro, suave pero constante. Enseguida me pregunto cómo estará Ivette. Seguro que disfrutando de una cálida noche en algún puerto mediterráneo, tomando un helado en una terraza, viendo pasar a chicos bronceados. En cuanto salga de aquí, pienso tomarme una copa de helado gigante.

—Ya no lo veo —susurra Greco—. ¿Y vosotras?

—Tampoco —contesto, y siento cómo mi pecho se aplasta contra su espalda y mis piernas se cruzan con las suyas. Por alguna extraña razón, es una sensación agradable, incluso en una situación como esta. Y, por un instante, me siento un poco culpable. Pero solo por un instante.

Por precaución, permanecemos unos minutos más así, escudriñando la oscuridad desde nuestro escondite.

Finalmente, nos incorporamos.

Me apoyo en el hombro de Greco para no tocar el suelo con el pie mojado. Volvemos a la orilla y me arrodillo y meto la mano donde calculo que debe estar mi zapatilla. Al principio no la encuentro, pero después de tantear el fondo, doy con ella y con algo más, algo que parece una bolsa de tela. Saco la zapatilla y, mientras procedo a tirar el agua y a ponérmela, informo a mis amigos:

—Hay algo raro atrapado en el fango.

—¿El qué? —pregunta Greco—. ¿Una caja?

—A lo mejor es un tesoro —dice Giulietta con su inocencia como de niña pequeña.

—No lo sé —contesto.

Me remango ambos brazos y los introduzco en el agua y en el fango hasta sujetar la tela. Por un momento, pienso que tiene el mismo tacto que nuestro chándal. Tiro con fuerza pero, como antes con mi zapatilla, hace ventosa con el cieno del arroyo. Es algo más pesado y grande de lo que había creído.

—Échame una mano —le pido a Greco.

Se arrodilla a mi lado y mete las manos en el agua. Al momento las retira:

—Hay algo duro bajo la tela —dice con un escalofrío que recorre su expresión.

Yo solo tengo agarrada la tela y no me atrevo a tocar más abajo.

—Tenemos que sacarlo —le digo—. Quizá es algo que tiró un antiguo alumno.

Greco vuelve a meter las manos en el agua.

—A la de tres, tiramos con todas nuestras fuerzas, ¿vale?

—Ok.

—Una, dos y tres.

Tiramos hacia atrás impulsándonos con la piernas contra el suelo como si estuviéramos arrancando una cebolla gigante. A nuestros pies, dejamos caer un cadáver.

El susto es tan grande que no puedo ni gritar; siento cómo se me eriza la piel de todo el cuerpo, abro tanto la boca que noto cómo se agarrota la garganta al instante y tenso los músculos como si me hubiera convertido en una estatua grotesca.

Greco se lleva las dos manos a la boca y aprieta con fuerza, presa del mismo horror.

Giulietta da un paso hacia atrás y tropieza con algo y cae de culo al suelo y empieza a arrastrarse, alejándose del cuerpo pero sin dejar de mirarlo.

Sin duda, se trata del cadáver de un alumno, de un chico, porque lleva el mismo chándal que nosotros. Durante unos segundos que parecen eternos, la lluvia cae sobre su cara y sus gafas sujetas con una goma, lavándole el lodo.

—Es Geoffrey —anuncia Greco.

—¿Qué? —pregunto aterrorizada.

—Es Geoffrey —repite.

Tiene razón. El cuerpo que yace sin vida a nuestros pies no es otro que el de nuestro compañero.

—Pero no puede ser —dice Giulietta—. Esta noche ha cenado justo delante de mí.

—Y no solo eso: esta misma noche, al levantarme para acudir con vosotras, he pasado junto a su litera y lo he visto durmiendo —cuenta Greco.

Por un momento, nos quedamos en silencio, intentando buscar algún sentido a todo esto. De repente, un pensamiento cruza por mi cabeza: es una broma, debe ser una broma, y enseguida aparecerá miss Fury acompañada de los monitores riéndose de nosotros, y Geoffrey se levantará gritando 'buh'. Pero no, nada de eso sucede.

—Quizá tiene un hermano gemelo —apunto yo.

—A mí me contó que es hijo único —dice Greco.

—En cualquier caso, eso no explica qué hace un cadáver sumergido en el lecho del riachuelo —comenta Giulietta.

—Quizá el que volvió de la torre gris no era el verdadero Geoffrey —especula Greco.

—¿Qué quieres decir? —pregunto—. ¿Que es una especie de doble, un clon o algo así? Eso no existe, solo en las películas. —Estoy tan asustada que no me doy cuenta de que mi tono de voz es demasiado alto hasta que Giulietta me pasa el brazo por el hombro y me abraza.

—No, ya sé que eso no es posible —dice Greco casi disculpándose—. Pero tienes que admitir que todo es muy extraño: los retratos de alumnos modélicos que cuelgan de las paredes, el pájaro enorme que hemos visto, esto —y señala el cadáver—. Este lugar encierra un misterio, eso está claro. Y parece evidente que corremos peligro.

Entonces me acuerdo de algo:

—¿Sabéis lo del Loch Arkaig?

—¿El lago que está aquí cerca? —pregunta Greco.

—Ese. Antes de venir aquí busqué en internet para ver dónde estaba esta academia, y descubrí que el lago tiene fama de embrujado.

—¿Quieres decir que esto tiene que ver... con magia negra o algo así? —pregunta Greco.

—Y yo qué sé. No tengo ni idea, pero es tan probable o tan poco probable como los clones.

—Yo no he afirmado nada de clones, es una suposición.

—Sumerjámoslo de nuevo y volvamos a la cama en silencio —dice Giulietta atajando nuestra conversación.

Greco y yo la miramos sorprendidos:

—¿En serio quieres que volvamos a tocar... a tocar el cadáver?

—Hasta que sepamos qué está pasando, sea lo que sea, lo mejor es dejar las cosas como están y procurar pasar desapercibidos.

SEGUNDA PARTE

Del diario de John Stewart
Academia Fénix, 9 de julio de 1948

No sé cómo ni por dónde empezar, pero siento que tengo que hacerlo. Me llamo John Stewart y tengo dieciséis años. Estoy interno en la Academia Fénix y me duelen los dedos, las piernas y los brazos.

Algún día cambiará todo. Y la piedra y el agua desaparecerán de mi vista cuando despierte. Después de veintiún días en la academia, voy a empezar este diario para que resulte testigo de mi paso por la Fénix, con la ilusión de que alguien pueda leerlo. A día de hoy no puedo tener el convencimiento de que alguien lo lea o lo encuentre. Sé que si yo salgo de aquí, él no podrá salir conmigo; y que si no salgo él tampoco lo hará.

Mientras escribo siento en los dedos heridas provocadas después del esfuerzo en clase de gimnasia, y de las dos horas que hemos pasado construyendo relojes con ruedas de madera, apretando hasta el final los tornillos y las tuercas. Me cuesta escribir y sujetar el lapicero.

Me he alejado hasta el río, solo, sin que nadie me vea, sabiendo que está prohibido alejarse de los barracones, y no puedo esconder que siento miedo al tiempo que, mientras escribo, me libero.

Martin Finns es el único amigo que tengo en la Fénix. Gracias a él sé los días que llevamos aquí, porque con una piedra marca en el tablón de la litera de arriba los días con cruces. Él duerme abajo, yo lo hago arriba. Antes de dormirnos nos decimos «buenas noches». Yo creía que llevábamos ya más de un mes, pero Martin me ha corregido. También me ha dicho que hay fotos de antiguos alumnos de la academia Fénix desde principio de siglo. Los ha descubierto en un pasillo, cubiertos de polvo. Martin no tiene nunca miedo de nada. Me gustaría ser como él. A mí todo me asusta. Por eso Fiona siempre lo mira a él en clase de gimnasia.

Otro día pasa y nada pasa, esto último debería cambiarlo, pero no quiero tachar y no sé con qué borrar. Siento que se me hará tarde, y las preguntas que me hago me producen tristeza. A veces oigo voces, me giro ante ruidos que no son: cuando suena el timbre por la mañana ya estoy despierto.

Añoro ir al conservatorio, pero no me culpo por lo que hice, porque tenía que hacerlo, era mi deber. Recuerdo a veces al padre Husveth, cuando me recordaba la parábola del Nuevo Testamento que siempre repite, esa misma que ahora siento en mí: el hombre que edifica sobre piedra permanece, al hombre que edifica sobre arena se lo lleva la corriente, se lo lleva vida abajo hasta el abismo. Así me siento yo, pero no tengo a quien decírselo, por eso escribo. Espero sentirme mejor gracias a ello. Ni siquiera a Martin puedo expresárselo, aunque confieso que desearía hacerle partícipe de la existencia de este diario.

Presiento que llevo mucho tiempo alejado y voy a dejarlo por hoy. Tengo miedo, se me han mojado las zapatillas en el río y hay restos de barro, temo que me descubran. Tendré que limpiarlas como sea.

John Stewart

Del diario de John Stewart
Academia Fénix, 13 de julio de 1948

Me he escapado corriendo sin que me viera nadie. Necesitaba venir a escribir. Creo que mi madre no era consciente del favor que me hacía cuando en el fondo de la maleta, por debajo del forro, tan ingenuamente, me guardó esta libreta. Me dijo «John, te la guardo aquí debajo por si acaso se abre la colonia y te moja el papel. A lo mejor os dejan escribir cartas y me puedes contar anécdotas. Recuérdanos, tu padre y yo te queremos y tocamos para ti».

Los vigilantes no descubrieron la libreta y ahora puedo tenerla conmigo; lejos, enterrada, pero conmigo. Una libreta sin el sello de la academia. Una libreta clandestina.

Hoy he estado a punto de confesar a Martin que estoy escribiendo un diario. Al final no me he atrevido. Y no sé por qué. Una intuición me lo ha impedido. Quizá, el deseo de tener un secreto, algo que solo me pertenezca a mí.

Voy a volver. Otra vez tenemos clase de ebanistería y de gimnasia. Hay que trabajar. Es lo que dice miss Fury, siempre repite lo mismo: «Lo único que os hará libres en la Fénix es el trabajo». Tiene razón. Si queremos salir algún día, solo será trabajando. Sueño con el fin del verano. Siento que aquí es invierno.

John Stewart

Del diario de John Stewart

14 de julio de 1948

Martin dice que Randy no volverá, que se lo han llevado a la torre y que los que allí van, ya no vuelven. Yo no había sido consciente, pero me ha explicado Martin que Randy intentó fugarse de la academia la otra noche. Lo vieron camino del muro. Estaba tratando de trepar cuando lo cazaron. Eso dice Martin, que se despertó para ir al lavabo y oyó un ruido de pasos. Y luego los zumbidos de unas alas (ESO NO SÉ SI LO IMAGINA), y luego el trote de los vigilantes y el chorro de muchos grifos de agua.

Yo no me enteré de nada, estoy tan cansado que me duermo enseguida, aunque duermo poco; pero las tres o cuatro primeras horas lo hago tan profundamente que no oigo nada. Lo último que oigo es el crujir de la piedra de Martin cuando dibuja la cruz en la madera de abajo, ras, ras. Un día más, un día menos.

Estoy arrepentido, siento que estoy traicionando a Martin. Hoy me ha confesado que por las noches se ve con Fiona en los lavabos y que a veces caminan por el patio y se adentran en la noche hasta el río y los árboles, y que por eso sabe lo de Randy. ¡Me ha confesado su secreto! Y no he sido capaz de confesarle el mío. ¿Estaré haciendo bien?

Martin duerme poco, no sé cómo lo hace. ¿Qué hará con Fiona? Ya sé que son como novios, hoy he visto cómo ella le ha pasado la mano por la cara, como quitándole algo, limpiando algo. A mí nunca me ha pasado algo semejante. ¿Tendré algún día a alguien cerca? ¿Me podrá amar alguien? ¿Estoy lejos del amor? ¿Qué es el amor?

No quiero hablar de mí. Sé que es raro, porque esto es un diario, pero, no sé: lo intento, pero me cuesta. No quiero hablar de estas cosas.

Cuando hoy le he dicho a Martin que añoraba ir al conservatorio y tener mi chelo, me ha dicho que soy un niñato de mamá y que no debería hablar tanto de música y que debería estar pendiente de mi seguridad. Repite muchas veces la palabra seguridad.

El padre de Martin Finns tiene un restaurante y un

hotel en Withby Abbey, y me ha dicho que cuando salgamos seguro que su padre me invita a pasar unos días. Siempre habla del restaurante y del pub de su padre, y dice que hace el mejor fish and chips. *¡Lo que daría por* fish and chips*! Cada vez que oigo esas palabras siento que me gruñe el estómago.*

Me voy.

John Stewart

10 IRIS

Anoche no salimos. No nos atrevimos, aterrorizados como estábamos. No sabemos qué pasa exáctamente en la torre gris, qué es lo que hacen ahí; pero la verdad es que hemos empezado a temer por nuestra vida, lo cual no es de extrañar: al fin y al cabo, una no se tropieza con un cadáver todas las noches. Pero no conviene precipitarse. Tal y como dijo Giulietta, tenemos que pasar desapercibidos hasta que sepamos cómo huir de este lugar de pesadilla. La clave es no llamar la atención para evitar que nos manden a la torre. E idear un plan de fuga antes de que paso algo más. No quiero ni pensarlo. Me pregunto si deberíamos alertar al resto de los alumnos, montar un motín y atacar a miss Fury y a sus acólitos. Pero lo más probable es que no nos creyeran, que pensaran que habíamos perdido la cabeza. Demasiado arriesgado. No podemos fiarnos de nadie salvo de nosotros mismos. En el momento que desveláramos lo que sabemos, seguro que íbamos los tres de cabeza a la torre. Y aunque nos creyeran, en el estado de agotamiento que estamos no creo que pudiéramos con los monitores. No, lo que tenemos que hacer es escapar y alertar a la policía y contarle lo del cadáver de Geoffrey. Además, la simple idea de enfrentarnos a la directora y sus secuaces hace que un escalofrío recorra todo mi cuerpo. Dejándome llevar por el miedo, me pregunto si lo que aquí hacen es eliminarnos y, de alguna manera que no sé imaginarme, suplantarnos con nuestros dobles, una especie de clones, como parece creer Greco. ¿Y si fuera verdad? ¿Es eso posible? ¿Y si resultara que llevan haciendo eso durante años, quizá décadas? Tal vez todos los ejemplares alumnos que han pasado por aquí no son más que marionetas de carne, un ejercito de impostores lanzados al mundo vete a saber con qué objetivo. Eso explicaría la reputación de la Academia Fénix: no tiene fallos porque no te reeducan, te sustituyen por una copia. ¿O acaso es que nos estamos volviendo locos? Quizá es eso: el cansancio nos está haciendo perder la razón. Pero no, no puede ser: el cadáver de Geoffrey era real, terriblemente real.

Durante todo el día he estado muy pendiente de Giulietta, temiendo que se derrumbara en cualquier momento; la expresión de horror de su rostro puede delatarla. He tratado de mantenerme cerca de ella, de darle ánimos con la mirada, que sepa que estoy ahí y que vamos a escapar juntas de este lugar. Ella, Greco y yo.

Pero no puedo dejar de pensar que tenemos que escapar como sea. Una especie de instinto de supervivencia me impulsa a querer salir corriendo sin volver la vista atrás. En cualquier caso, escapar de aquí no sería fácil.

Durante la comida me he cruzado con el otro Geoffrey, vivito y coleando, y he sentido cómo se me aflojaban las rodillas de puro miedo: el rostro embarrado del cadáver se me ha venido a la mente y casi tiro mi plato al suelo. Luego lo he seguido con la mirada. Seguro que ni su madre podría encontrar una diferencia física y, sin embargo, resulta evidente que no es la misma persona... Si es que es realmente una persona. Al instante me acuerdo de Ivette: tan parecida a mí, tan diferente. Empiezo a pensar que quizá Greco tiene razón: es como si en la torre gris fabricaran gemelos. Copias obedientes, ordenadas, disciplinadas, que no dan problemas. Cuerpos sin alma ni personalidad. Imagino que, si me metieran a mí en la torre, lo que saldría en mi lugar sería nada más y nada menos que Ivette. Al fin y al cabo, yo siempre he sido la gemela mala, la desobediente, la desordenada, la indisciplinada, la problemática. Por un momento, me dejo tentar por un pensamiento: lo fácil sería rendirse. Así, al final del verano mis padres tendrían dos hijas perfectas, dos niñas buenas de las que sentirse orgullosos...

No, no pienso rendirme: no seré perfecta, pero soy única.

Del diario de John Stewart
15 de julio de 1948

Añoro las clases de música con el padre Collins, cuando este año estudiamos las sonatas para chelo de Bach y siento que me falta esa música. A veces la recuerdo, la oigo sonar en mi cabeza y me veo a mí mismo ante el pentagrama y el atril, en el conservatorio. Aquí no hay música. Todo es silencio. Y el silencio, para mí, es la peor de las músicas.

Hoy me ha preguntado Martin por qué me enviaron a la Fénix siendo tan niño de mamá. Y he vuelto a mentirle. No soporto hablar de ello.

Del diario de John Stewart
16 de julio de 1948

¡Ha vuelto Randy! Martin se había equivocado. ¡Ha vuelto Randy!

Su vuelta nos ha dejado a todos aturdidos. No por su presencia, sino por las formas en que lo ha hecho. Es Randy, pero no es el mismo Randy. Es otro Randy.

Martin dice que está disimulando, que le han lavado el cerebro, que miss Fury es la sacerdotisa de una secta. Cuando le han preguntado dónde había estado y cómo era la torre gris, ha dicho que ojalá pudiéramos participar todos de la estancia en ella. No es el mismo Randy. En la clase de gimnasia, Martin se ha vuelto a acercar a él y le ha dicho que por qué no era el mismo Randy de antes, ¿y qué le ha respondido Randy? Que algún día no muy lejano el agua purificaría sus malos instintos, y que procurase mirarse al interior más a menudo, allí donde habitan sus malos impulsos y la rabia que ha de condenarlo al infierno de ser un mediocre. Todo muy raro. Muuuuyyyy raro.

Martin se ha alejado. Es la primera vez que veo a Martin temiendo por algo.

Hay una cosa que me preocupa. Me ha dicho Martin que la otra noche, con Fiona, vieron a miss Fury. Estaba sola en el patio, saltando con una cuerda, en la oscuridad, con el mismo vestido negro, y que no paró de saltar y de ejercitarse en las barras.

Creo que son imaginaciones de Martin. Nunca sabes cuándo creerlo.

John Stewart

Del diario de John Stewart

17 de julio de 1948

Yo no quiero ser perfecto, no siento que lo soy, yo quiero ser normal. He revivido el episodio, una vez más. Desde la pregunta de Martin, no dejo de revivirlo.

Intenté suicidarme.

Eso es lo que hice.

Sé que si en lugar de escribirlo se lo explicara a Martin, me preguntaría por qué lo hice.

Porque sí.

Pero él insistiría, y entonces me diría la palabra que más detesto que me digan:

—Pero si tú eres un empollón, si eres perfecto.

Todos me repiten lo mismo, pero yo quiero huir de la perfección. ¡Estoy harto de esa frase!

Intenté suicidarme.

Fue hace cuatro meses. Me até el cuello con el cinturón del uniforme aprovechando el tubo de la cisterna del lavabo, pero alguien debió avisar y el padre Collins me rescató de milagro.

¡Lástima!

La tarde anterior, en el examen de matemáticas, una vez más, Richard Price, el más gamberro de la clase, me pidió el examen con premura, de malas maneras, como si me forzara. Lo hizo muchas veces; yo no quería dárselo, no está bien hacer eso. Tenía miedo de que me acusaran de haberlo dejado copiar. Richard siguió insistiendo. Empecé a temblar. Yo no quería. Había terminado el examen y sabía que todos mis ejercicios estaban bien y que Richard Price no aprobaba nunca. Sospecharían de mí si le dejaba el examen para que copiara las respuestas. Entonces iba a levantarme, pero antes de que lo hiciera Richard Price me amenazó: me miró, lo miré, y vi cómo se pasaba el pulgar por el cuello como si lo rebanara. Luego me señaló. Pese al miedo me decidí a levantarme, pero en ese instante Richard se estiró y trató de quitarme la hoja para copiarla. Lo consiguió. El padre Cole levantó la vista hacia nosotros y me vio con la mano en la mesa de Price, arrugando mi examen, y gritó hecho una furia:

—Mister Stewart, ¿qué está haciendo?

Vino hacia mí; lo vi caminar con sus zapatones ruidosos. Yo esperaba que Richard Price dijera algo, que dijera la verdad, que era cosa suya, pero el padre Cole me abofeteó y rompió mi examen. Me llevó a rastras hasta su mesa y me hizo agachar la cabeza para que viera con claridad y desde cerca la perfecta circunferencia que trazó en su libreta detrás de mi apellido. Me eché a llorar en la misma mesa del padre Cole. Nunca antes había tenido un cero.

Me echó de la clase, y me dijo que llamarían a mis padres esa misma tarde.

Nunca había sacado un cero. ¿Qué pensaría mi padre? ¿Cuál sería su castigo? Mi padre no acepta ningún traspié. La vergüenza se apoderó de mí. Me encerré en el lavabo. Me escondí a llorar en el retrete mientras me mordía los puños de la camisa. ¡Yo no había hecho nada! Pero mis padres no me creerían, nadie me creería.

En la comida, por un momento pensé que Richard Price quería sentarse a mi lado, pero no lo hizo, simplemente se acercó para decirme al oído:

—Maldito empollón asqueroso, maldito chivato traidor, voy a ir a por ti, niñato, sabelotodo, a la salida te voy a cortar las manos, ¿y sabes cómo vas a tocar el chelo a partir de mañana? Lo vas a tocar con los pies, maldito don perfecto.

Eso me dijo Richard, al oído, mientras sus amigos me miraban con desprecio. Durante la comida, desde la otra mesa, no dejaron de mirarme y de señalarme mientras con el brazo derecho hacían el gesto de tocar el chelo, para seguidamente reírse más y más.

Mamá y papá son músicos. Yo no podía soportar esa presión. Y decidí terminar para siempre. Se acabaron las presiones, las perfecciones, las obligaciones, las amenazas, ¡todo!

Después de comer, me encerré en el baño, me subí a la taza y até el cinturón haciendo un nudo en la tubería. Seguidamente me lo ajusté al cuello. Solo cometí un error. Grité mientras había alguien en el lavabo de al lado, y dejé la mano entre el cinturón y la nuez. Todavía hoy siento la marca en la piel, quemándome de vergüenza. Mientras creía que moría, mientras el mundo por fin se desvanecía, escuché gritos y pasos y el padre Collins tumbó la puerta y abrazó mis rodillas para sostenerme.

Quería hacerlo, pero no quería hacerlo... Quería, pero no quería. Siempre es así mi vida. Yo no quiero ser como mis padres, pero tengo que ser como ellos.

Después de aquello estuve expulsado una semana. Llamaron a mis padres y empecé a ir al psicólogo. Tres horas tres días a la semana. Era una mujer rubia, casi una anciana. Me hablaba muy poco, y yo no sabía qué decirle. Tanto silencio ardía en mis entrañas. Empecé a quedarme callado. La última sesión estuvimos los dos sin decirnos una palabra. La psicóloga habló a mis padres de autismo. Yo no entendía nada. Ante los agobios de mis padres, en una de las reuniones, el padre Collins dijo que solo había un sitio en el país donde podrían reconducirme y ayudarme a cambiar y mejorar.

—A veces, también a los mejores hay que llevarlos a un correccional. Uno nunca es mejor de lo que puede llegar a ser. Y solo hay un lugar donde puede aprender a competir y forjarse el carácter: la Academia Fénix.

Y aquí estoy, contigo.

John Stewart

PD: diario, desde hoy te llamaré Rudolph, vas a ser mi amigo.

11 IRIS

Ha sido idea de Greco.

Estamos en la biblioteca, buscando en los libros (y entre los libros) un mapa, información sobre este lugar, sobre lo que ocurre en la torre gris, lo que sea que nos pueda servir para escapar de aquí.

—Todo está en los libros, mi padre siempre lo dice —repite Greco.

Esta noche no hay luna, pero un haz de luz de la farola que hay sobre la puerta ilumina la mitad superior de la estancia. Para saber de qué tratan los libros debemos sacarlos de las estanterías y levantarlos a media altura para poder leer los títulos y las contraportadas.

—¿Os habéis fijado hoy en Abraham? —pregunta Giulietta.

Abraham, que llevaba un par de días en la torre gris, ha aparecido esta mañana en clase de gimnasia como si nada, serio y disciplinado como un perro de caza.

—Sí, también ha vuelto comportándose de forma extraña —contesta Greco.

—¿Y os habéis fijado en que se ha pasado todo el día pegado a Geoffrey?

—Parecía que eran amigos de toda la vida.

—¿Creéis que...? —empiezo a decir, pero no me atrevo a terminar una pregunta cuya respuesta me aterra.

—¿Que en el riachuelo habrá ahora un cadáver igualito a Abraham? —termina mi pregunta Giulietta.

—O peor aún: que esté el cadáver del verdadero Abraham y que el que hoy ha vuelto con nosotros no sea él.

Giulietta y yo miramos a Greco sin saber qué decir.

—Ya sé lo raro que suena eso, pero, ¿se os ocurre otra explicación? Si lo pensáis bien, olvidando las leyes de la razón, eso explicaría lo que pasa aquí: sustituyen a los alumnos por copias intachables en todos los sentidos.

Al igual que nosotras, Greco ha estado todo el día dándole vueltas a esa idea. Y, lo más curioso de todo, es que parece tener razón.

Giulietta se levanta como si no quisiera seguir con la conversación y anuncia:

—Voy a investigar.

—Ten cuidado —le digo, y ella se gira y me dirige una sonrisa para tranquilizarme.

Greco vuelve a sumergirse en los libros y yo respiro hondo: no tenemos definido un plan de huida, pero tenemos claro que queremos salir de aquí. Antes Giulietta ha sugerido que podríamos robar comida, bajar al sótano por el montacargas y escondernos allí hasta que termine el verano y nuestros padres vengan a por nosotros. Pero Greco y yo creemos que es demasiado arriesgado, casi una locura. Ella cree que la directora y sus esbirros saldrán a buscarnos fuera, más allá de los muros de la Fénix, nunca dentro del recinto. Pero faltan más de cinco semanas para eso. Es imposible que robáramos bastante comida para aguantar tanto tiempo escondidos. Y aun en el caso de que lo hiciéramos, quién nos garantiza que no perderíamos la cabeza, encerrados allí las veinticuatro horas del día, procurando no hacer ruido, asustándonos de la más mínima sombra. Además, como sospecha Greco, puede que nuestros padres sepan lo que ocurre aquí y lo aprueben. Quién sabe, quizá tiene razón; pero es un pensamiento escalofriante. No podemos fiarnos. Y nadie nos garantiza que miss Fury y sus acólitos no vayan a rastrear cada centímetro de este edificio hasta dar con nosotros...

Además, creo que la directora puede olernos. Al menos a mí. Sé que suena a locura, pero a estas alturas, y tal como ha dicho Greco, está claro que las leyes de la razón no funcionan en la Academia Fénix. Esta mañana, después de la clase de gimnasia, mientras hacíamos una ordenada cola frente a una de las fuentes para beber y refrescarnos, ha hecho presencia la directora; cosa rara, porque normalmente a esas horas continúa en su habitación o donde quiera que pase la noche. Su figura y su porte siguen imponiéndonos tanto respeto como el primer día, pero aun mucho más miedo. Tanto es así, que todos nos hemos puesto erguidos y hemos mirado al frente como un escuadrón de marines bien entrenados. Ninguno de nosotros se atreve a mirarla a los ojos. Entonces ha pasado cerca de cada uno de mis compañeros, en silencio, prácticamente rozándonos. Al pasar al lado de Abraham y Geoffrey, que iban uno detrás del otro en la fila (cómo no), les ha acariciado el cabello con tanta dulzura como lo haría una madre (lo cual no deja de ser inquietante, pues no se me ocurre nadie menos maternal que la directora, ni siquiera el bíblico rey Herodes), y ellos dos, aunque no podía ver su rostro porque estaba varios metros detrás de ellos, han dado la impresión de estremecerse de placer como gatitos. Mientras que avanzaba junto a la fila, miss Fury parecía estar oliéndonos: cerraba levemente sus ojos grises como piedras como si pudiera olfatear nuestra propia esencia; daba escalofríos mirarla. A medida que se acercaba a mi posición, me temblaban más las rodillas. Lo mismo le pasaba a Giulietta, que estaba justo delante de mí. La directora parecía detenerse más tiempo junto a las chicas que con los chicos. Al llegar a mi amiga, se ha parado unos segundos y, al cerrar los ojos, me he atrevido a mirarla de soslayo: por un instante, su expresión era casi de felicidad infantil, como la de un niño frente a una pila de pasteles; se podría decir que mística. Pero enseguida ha abierto los ojos y me ha mirado directamente; seguramente es así como una araña mira a una pobre mosca que ha caído presa en su telaraña. Miss Fury se ha detenido pegada a mí, rozando su hombro con mi cabeza, y he podido sentir cómo aspiraba, llenándose los pulmones grises con mi olor. Por cursi o tonto que suene, al instante he lamentado no tener desodorante que disimulara de alguna manera mi «aroma» a sudor después de más de una hora de gimnasia intensiva. Ha sido tan violento como si me estuviera desnudando en contra de mi voluntad mientras lo grababa todo con una webcam que estuviera trasmitiendo al mundo entero. Todo mi cuerpo ha temblado como una solitaria hoja frente a un vendaval. Entonces me ha mirado con unas pupilas que juraría dilatadas y me ha preguntado con voz dulce (tan dulce que no parecía suya):

—¿Cómo te llamas, querida?

—Iris —he balbucido.

—Un nombre precioso este año —ha dicho, y juraría por su tono que saboreaba cada letra de mi nombre.

Al escucharlo he sentido un escalofrío semejante al que sentí cuando mi tío Alfred, el hermano soltero de mi madre, nos dijo en la fiesta de nuestro decimotercer cumpleaños a mi hermana Ivette y a mí «ya sois unas mujercitas a ojos de Dios».

—Gracias —he respondido, y al instante me he sentido como una tonta, igual que una de esas chicas de las películas de terror que sube escaleras arriba cuando el psicópata enmascarado las persigue en vez de abrir la puerta de la calle y gritar en busca de auxilio.

Luego me ha acariciado el cabello como si fuera mi novio y ha dado la vuelta y se ha marchado por donde había venido.

Geoffrey y Abraham se han girado entonces y me han mirado y han sonreído con aprobación, como si hubiera pasado el ritual de iniciación de su particular secta.

Durante unos segundos, he sentido que todas las miradas estaban fijas en mí, incluidas las de los dos monitores. Después, la fila se ha relajado.

—¿Sabes algo de mitología? —me ha preguntado una voz detrás de mí. Me he girado, aún temblorosa. La que me ha hablado es Marjorie; es la primera vez que me dirige la palabra. De hecho, creo que es la primera vez que abre la boca en las casi tres semanas que llevamos aquí. He escuchado rumores sobre ella: dicen que está en la Fénix porque sorprendió a su padre acostándose con una mujer que no era su madre en su propia casa y cogió la escopeta de caza de su padre e intentó dispararles.

—¿Por qué lo preguntas? —he contestado con otra pregunta.

—Mi padre es catedrático de Mitología en Oxford, ¿sabes?

—No, no tenía ni idea. —Es lo único que he sabido contestar en ese momento.

—Según la mitología griega clásica, había unas criaturas llamadas las Furias, unas mujeres aladas terribles nacidas de la sangre y el esperma derramado de Urano, cuya misión era la venganza, castigar los crímenes cometidos por los humanos... Lo cual cuadra muy bien con la condición de esta academia, la Fénix.

Semejante información me ha dejado tan descolocada que no he sabido qué decir. Marjorie ha debido leer la expresión desconcertada de mi cara, pues ha añadido:

—Por otro lado, también existía la creencia de que las ninfas de las fuentes, llamadas Náyades, eran criaturas femeninas que atraían a los humanos con sus encantos y los mataban.

—De verdad que no sé adónde quieres llegar —le he dicho estupefacta.

Marjorie ha sonreído con una expresión que asustaba.

—¿Te imaginas que esas criaturas mitológicas tuvieran una raíz real, tal como siempre dice mi padre? Miss Fury muy bien podría ser una mezcla de ambas —me ha dicho sin dejar de sonreír.

No he sabido qué contestar... Pero sí, sin duda la directora parece un ser sacado de un libro de mitología o, mucho peor, de uno de terror.

—Empiezo a pensar que aquí no encontraremos nada —dice Greco, cansado de mirar volúmenes de la biblioteca.

—Venid un momento —ruega Giulietta. Nuestra pobre Giulietta, apenas una sombra de la chica descarada que conocí el primer día.

La seguimos hasta el pasillo principal, donde está

el grueso de retratos de antiguos alumnos. Greco y yo caminamos con sigilo por miedo a que alguien nos escuche o a que aparezca el siniestro pájaro que se parece a la directora (y que a estas alturas ninguno de los tres se atrevería a asegurar que no fuera ella misma).

Giulietta nos señala uno de los retratos, el de un tipo repeinado cuya cara me suena muchísimo.

—¿No veis nada raro en este? —pregunta.

—Juraría que es el retrato de John Stewart, antiguo ministro de Asuntos Exteriores —dice Greco.

—No, no es eso —replica Giulietta—. Fijaos bien.

Greco y yo lo miramos atentamente. Sinceramente, me parece el típico producto de la Academia Fénix: bien peinado, ordenado, pulcro, un tipo que haría que tu madre se sintiera orgullosa si lo llevaras a casa y lo presentaras como tu novio.

—Todos los retratos miran al frente menos él.

Era cierto: mientras el resto de fotos o cuadros colgados en la pared miraban al frente, desafiantes, los ojos de John Stewart miraban de soslayo hacia la esquina de su propio marco.

—Es cierto —coincide Greco.

—¿Crees que significa algo? —le pregunto a Giulietta.

—No lo sé, pero resulta curioso, ¿no? —contesta—. Quizá se trata de un mensaje. Quizá estaba conchabado con el fotógrafo para dejar un mensaje o una pista. ¿Por qué no? Como en una película de espías.

Lo que dice Giu suena muy peliculero, sí; pero estamos en la Fénix. Y si algo hemos aprendido aquí, es a dejarnos llevar por nuestros instintos. Guiada por una intuición, me acerco al cuadro de Stewart y me coloco bajo el. Me aseguro de mirar hacia donde él.

—Su mirada apunta a la antigua chimenea —informo.

Mis dos amigos y yo enfocamos hacia el mismo lugar, hacia la chimenea tapiada.

Después de unos segundos de silencio, Greco descubre:

—Uno de los ladrillos tiene un color más vivo.

Se agacha frente a la chimenea y comienza a probar los ladrillos. Efectivamente, el ladrillo que es de un color más oscuro que el resto parece moverse al tocarlo.

—Está suelto —dice Greco, al tiempo que trata de colar sus uñas en las junturas del mismo.

Empieza a moverlo poco a poco y a tirar de él. Finalmente logra sacarlo lo suficiente para agarrarlo con las dos manos y desprenderlo del resto: un hueco como una boca rectangular se forma en el centro de la tapiada pared de la antigua chimenea. Greco mete la mano en la cavidad y anuncia:

—Aquí hay algo.

—Sácalo —le animo.

Greco tira de algo ante las miradas expectantes de Giulietta y mía.

Saca un libreta polvorienta. En un gesto instintivo, Greco sopla el polvo sobre su hallazgo.

—¡Qué haces, loco! —lo regaña Giulietta—. ¿Quieres que descubran el polvo?

—Lo siento —se disculpa nuestro amigo.

Greco abre la libreta y la lee en silencio durante unos segundos que se me antojan eternos.

—Es un diario —anuncia finalmente con un velo de emoción en la voz—: el diario del antiguo alumno John Stewart.

Del diario de John Stewart

20 de julio de 1948

Hola, Rudolph.

Hoy no tengo tiempo para escribir, pero he venido para decirte que me alegro de que estés conmigo y de poder contarte mis cosas.

Martin tiene a Fiona. Yo te tengo a ti, mi amigo de papel que escucha mis problemas con paciencia.

¿Sabes qué dice siempre el padre Collins en clase de Historia? Que la historia de la humanidad, toda la historia desde el paleolítico hasta nuestros días, se ha escrito en el campo de batalla y en la cama.

Yo creo que se equivoca, se ha olvidado de la historia de la Academia Fénix.

Hasta pronto.

John Stewart

Del diario de John Stewart.

22 de julio de 1948

Hoy hace mucho frío, Rudolph. Se ha levantado viento y las hojas y las ramas de los árboles se mueven violentamente. No parece verano. He perdido la noción de las estaciones.

Es trabajoso escribir. Tengo miedo. Creo que se han llevado a Martin a la torre gris. La torre es un viejo molino. Las astas parecen detenidas, pero cuando se llevan a alguien, al poco se ponen en funcionamiento. Me cuesta escribir, con el viento se levantan los folios, pero quiero explicarte esto: Martin se quejó en la comida. A Fiona se le cayó el trozo de pan y miss Fury lo pisó. Entonces Martin estalló:

—Maldita bruja.

Lo dijo sin gritar, en voz baja, como si lo estuviera pensando y no quisiera decirlo, pero fue suficiente para que miss Fury lo señalara y los vigilantes se lo llevaran mientras él, entonces sí, gritaba que lo dejaran en paz, preso de la rabia.

Fiona acabó de masticar y me miró. Tenía la cara mojada, tan mojada por las lágrimas que miss Fury, al notar la humedad, se acercó rápidamente a su cara y se las secó con las manos, respirando muy profundamente, casi como un hombre mayor.

Pude escuchar cómo le decía:

—Eres adorable, pequeña Fiona. Y pronto serás feliz.

Todo me parece extraño, Rudolph. ¿Qué puedo hacer sin Martin?

John Stewart

Del diario de John Stewart
23 de julio de 1948
Rudolph, estoy confuso.
Martin no ha vuelto. No sé qué hacer.
Vuelvo mañana.
Tu amigo John Stewart

Del diario de John Stewart
24 de julio de 1948

Rudolph, Martin sigue sin venir, sigue en la torre, sigue preso. Noto su ausencia y temo por él, a ratos pienso que no volveré a verlo.

Un apunte sobre miss Fury: ahora que se ha ido Martin parece que persiga a Fiona, la sigue a todas partes, la vigila, la controla, la toca incluso, sí, a veces se acerca a ella y le pasa la mano por la cara, la acaricia sin venir a cuento.

Es tan extraña miss Fury... La verdad, Rudolph, esa mujer no parece mujer. No sé cómo explicarlo. Si la miras a los ojos descubres un rostro de abuela, si la ves levantar una mesa parece un vigilante más, un hombre muy fuerte. Es la única persona que viste de negro, siem-

pre lleva la misma ropa. ¿Qué le ha dado por Fiona? No lo sé. Pero voy a tratar de averiguarlo y te cuento.

Te dejo, Rudolph

Hoy tenemos montaje de relojes. Te escondo como siempre.

John Stewart

Del diario de John Stewart

25 de julio de 1948

Rudolph, esto sí que es un secreto y solo tú y yo podemos saberlo. En ausencia de Martin, Fiona se ha acercado a mí, me habla todo el tiempo y me ha dicho que salga con ella por las noches y que busquemos el método de rescatar a Martin.

Cuando Fiona me ha explicado su plan al oído, al notar su labio en el lóbulo se me ha erizado la piel. Nunca había tenido a una chica tan cerca, no de esa forma. ¡Es tan hermosa! Y yo tan tímido… ¿Qué puedo hacer? Fiona me esperará esta noche junto a los lavabos.

Ella quiere escapar como sea y parece muy convencida, quiere que rescatemos a Martin y huyamos los tres.

Y es que hoy ha pasado algo insólito: miss Fury ha lla-

mado a Fiona y le ha pedido que llorara para ella. Fiona teme a miss Fury, cree que ha enloquecido y cree que puede acabar con ella. Además, Gary Finnegans le ha dicho que miss Fury roba el alma de las niñas que ama. Gary Finnegans no suele hablar mucho, pero siempre está tranquilo, y dice que un antepasado suyo ya había estado aquí, a principios de siglo. Yo no me lo creo, pero he recordado que Martin me decía que había fotos de alumnos en un pasillo secreto que nunca he visto. La imaginación de Gary Finnegans va muy lejos, porque nos ha dicho que miss Fury también era la directora cuando vino su abuelo. ¡Ja, ja, ja! Por poco no he empezado a reírme.

Rudolph, si me atrevo a ir con ella, es probable que no vuelva más. Si no volvemos a vernos, si no vuelvo a tocarte y a tenerte en mis manos, que alguien algún día te encuentre y pueda liberarse de este infierno y ya no exista miss Fury.

El mayor problema es que no sé si quiero liberar a Martin, a ratos prefiero que no vuelva.

John Stewart

Rudolph, ¿me gusta Fiona?

12 GRECO

Al día siguiente el viento empezó a soplar como si fuera empujado por la rabia, por una furia extrema. Nunca en mi vida había visto un viento tan violento. ¿De dónde provenía? Desde las aulas de la academia era imposible vislumbrar algo más que bosque. No sabía ubicarme con precisión y tampoco hacia dónde estaba orientado. El sol del verano era un sueño imposible. Se movían las ramas de los árboles y hasta en las ventanas de alguna de las clases temblaban por momentos los cristales. Parecía que uno de esos dioses mitológicos de los que hablan los libros quisiera zarandear los cimientos de la inquebrantable Academia Fénix.

Por culpa del viento empezaron a pasar cosas.

Fue a la hora de gimnasia. Con tanto viento se hacía difícil correr, pero el monitor nos seguía exigiendo los mismos ejercicios y la misma entrega. Mientras todos corríamos y sentíamos el viento en la cara, no podía dejar de pensar en el cadáver de Geoffrey hundido en el fango del riachuelo. Cada vez que mi mirada se cruzaba con la de Giulietta y la de Iris, en mi estómago sentía crujir una duda, como si se retorciesen una pregunta y la constatación de la verdad. Era verdad. ¡Lo habíamos visto! Era la primera vez que veía un cadáver. Pero lo más sorprendente era que por primera vez había visto el cadáver de alguien a quien había conocido, ¡alguien que estaba también corriendo en el patio! Geoffrey, el otro Geoffrey, corría delante de mí, concentrado y aplicado, dócil, como una marioneta de miss Fury; pero para nada resignado, sino más bien feliz. Feliz y peligroso, sin hablar con nadie, fuera lo que fuera lo que estuviera metido en esa nueva piel. La frialdad de Geoffrey transmitía más sospecha que obediencia. Me acordé de mi padre, cuando decía que no me fiara nunca de quien no habla, de los que siempre callan y otorgan, porque esconden más de lo que pueden dar.

Después de ver el cadáver y de sentir el miedo en los huesos, me di cuenta de que era importante resistir, de que en realidad estábamos preparados para combatir porque nuestro cuerpo podía resistir el miedo mejor de lo que yo creía. Mientras corría sentí una cosa extraña: sentí que crecía, por dentro, que en la Fénix estaba dando un paso hacia adelante y que ya no volvería a ser el mismo. Como si estuviera dando el paso de ser niño a ser un hombre. Yo, que siempre había sido cobarde, de pronto me sentía valiente, capaz de enfrentarme al miedo. Cuando no lo tienes delante, el miedo solo es una idea terrorífica, pero cuando lo tienes delante y te va a atacar, no te rindes, plantas cara como sea. Es más aterradora la idea del miedo que el miedo en sí.

Desde entonces ya no temo al miedo, pero aquellos días los guardo en mi memoria como los peores de mi vida. Sé que no volveré a sufrir de igual modo porque no hay, en ninguna esquina del mundo, un infierno como la Fénix. O eso quiero creer.

Seguíamos corriendo, ejercitándonos al compás que mandaba el monitor, siempre con ese maldito silbato en la boca. Un pitido: vuelta a correr. Dos pitidos: treinta flexiones. Tres pitidos: cambio de ritmo y esprintar. Pitido largo: estiramientos. Y vuelta a empezar. Cuando quería cambiaba el orden, y entonces el mareo se hacía cargo de tu cabeza. La falta de comida en el estómago hacía que a menudo creyera que me iba a marear y a caer redondo al suelo. Seguíamos corriendo y veía a Iris respirar por la boca, sufrir sin atreverse a emitir ni una sola queja. Y también Giulietta, que se cansaba más que nosotros, seguramente nunca había corrido tanto. Fue entonces cuando, por primera vez, no solo pensé en que no podía rendirme, también en que debía madurar una estrategia. Estaba claro que había que huir; pero, para lograrlo, además de ser fuerte, era necesario ser inteligente.

Estábamos corriendo, reanudando la marcha después de los estiramientos cuando Paul Lambert, tosiendo y con la voz contraída por culpa del asma, levantó la mano. Pobre Paul, me dije al ver su cara enrojecida y el cuello agarrotado, como si empezara a hincharse poco a poco igual que una masa de harina y agua. Paul Lambert logró decir a tientas que creía que le estaba dando un ataque de asma porque quizás sucedía que el viento soltaba demasiado polen y estaba tragando al respirar todo tipo de polvo. El monitor, al instante, reaccionó como ya todos sabíamos que haría:

—¿Qué has dicho?

Paul tosió, emitió una especie de gemido y todos oímos el silbido de su pecho. Con un hilo de voz, mientras se arqueaba, alcanzó a decir:

—No puedo más.

Enseguida, como apariciones salidas del mismo aire, llegaron dos monitores más y se lo llevaron.

Ya sabíamos que iba a la torre. Allí no solo iban los rebeldes, sino también los que no estaban preparados físicamente.

Pero eso no fue todo. Mientras resoplábamos, a Cindy Everett le dio por opinar:

—Solo necesita un ventolín.

A lo que el monitor respondió:

—¿Estás segura de que sabes lo que necesita?

Entonces Cindy se arrepintió de haber abierto la boca y cerró los ojos como un condenado a muerte que sabe que se aproxima su castigo.

—Mejor se lo vas a explicar tú —contestó el monitor.

Imaginé muerta a Cindy; vislumbré su cadáver, y después el mío, el de Iris, el de Giulietta.

En ese momento no acudió nadie a llevarse a Cindy; no sé cuándo lo hicieron, pero ya no vino a la cena.

Aproveché el momento de la salida del comedor para entablar una conversación rápida con Iris.

Como si leyera mis pensamiento, ella se adelantó a decirme:

—Hay que irse, Greco, seremos los siguientes.

—Lo sé.

—Tenemos que terminar el diario. A lo mejor encontramos pistas para huir.

—Es lo único que nos queda.

Era el momento, no había otro. Teníamos que volver al diario y trazar el plan definitivo que nos permitiera, si no huir, al menos combatir el miedo y sentirnos vivos entre tanto muerto viviente.

Del diario de John Stewart

28 de julio de 1948

Rudolph, lo primero de todo es pedirte perdón por estos tres días de ausencia: no quería dejar de venir, pero me ha sido imposible. Como ves, no pudimos huir de la Fénix, lo intentamos, llegamos hasta el muro, pero no tuvimos fuerzas ni valor. Es más complicado de lo que parece. La torre, cercana al muro no es acceso fácil, y está muy vigilada. Un foco giratorio, desde lo alto, ilumina los alrededores. Tantas veces tuvimos que agacharnos, que tengo unas enormes agujetas en las piernas. Lo peor fue el miedo, cuando ves los haces de luz barriendo la noche; parecen clavos en el cielo. ¿Qué harán dentro de la torre gris con los niños raptados? ¿Qué le estarán haciendo a Martin?

Tengo dos cosas que contarte. La primera es la buena: estoy contento conmigo mismo, me sorprendí de atreverme a intentarlo. Te parecerá mentira pero lo cierto es que fui yo quien más empeño puso y el último en rendirse. Por un momento creía que no era yo. ¿De dónde me salió aquel entusiasmo? Fiona, al darse por vencida y derrumbarse, se me abrazó de manera especial y, ¿sabes qué?, hicimos el camino de vuelta cogidos de la mano, en silencio, escondiéndonos de los ruidos.

La segunda, la mala noticia, es que Martin ha vuelto; pero, como nos temíamos, ya no es el mismo. ¡Y no le hace caso a Fiona! No lo puedo creer. ¡Ni siquiera sonrió al verla de nuevo! ¿Cómo puede alguien cambiar así de la noche a la mañana? Cuando apareció en el aula, no pude evitar ir corriendo a abrazarlo, pero Martin detuvo mi impulso estirando la mano con firmeza. ¿Puedes creerlo? Colocó su mano en mi pecho y dijo:

—Calma, tranquilo, mejor pon ese arrebato en el trabajo.

—Martin —le dije—, soy John, John Stewart, tu amigo.

—No vine aquí para hacer amigos, permite que te lo recuerde.

No puedo escribir más por hoy, estoy demasiado triste.

John

Del diario de John Stewart

29 de julio de 1948

Rudolph, hoy se han llevado a Gary Finnegans. No te puedes imaginar el motivo: simplemente ha preguntado a miss Fury por qué no íbamos a nadar, como suele hacerse en otras granjas-escuela de verano. Cuando miss Fury lo ha escuchado, se ha incendiado, como si una mecha la prendiera por dentro.

Todavía me duelen las rodillas y los gemelos del intento de fuga con Fiona la otra noche. Pero ahora que han pasa-

do dos días lo recuerdo como algo especial. Soy consciente de lo tonto que suena eso, por supuesto. Y sin embargo...

Cada día que pasa, la presencia de miss Fury me crea más turbación; ya no sé si lo que emana es poder o miedo. Las normas son tan estrictas, que el hecho de venir aquí a escribir cinco minutos me causa temor, como si fuera consciente de que no estoy haciendo lo que debo, no cumplo las normas, las normas que ahora tanto le gustan al nuevo Martin, el antiguo amigo ya perdido.

Tengo miedo. Solo me quedáis Fiona y tú.

John

Del diario de John Stewart

30 de julio de 1948

Martin no habla con nadie. Pero lo más curioso es que evita la presencia de Fiona, como si le tuviera miedo. ¿Será por el interés que la directora tiene en ella?

Estoy expectante por ver cómo llega Gary Finnegans.

Hoy he rezado por primera vez desde que llegué aquí. Lo he hecho por mí, pero sobre todo por Fiona.

Fiona Fiona Fiona Fiona Fiona Fiona.

John Stewart

Del diario de John Stewart.

1 de agosto de 1948

Rudolph, Fiona se ha convertido en un problema, no sé cómo decirlo. Desde el regreso de Martin, apenas nos separamos. Creo que me gusta más de lo que puedo entender. Nunca había sentido esto antes. A veces, cuando ella viene a buscarme para decirme algo, me quedo mirándola fijamente, como embobado. Me gusta todo de ella. Nunca he besado a nadie, pero tengo una sensación rara, como si fuera a pasar con ella. No sé si estoy haciendo bien. Pienso mucho en el padre Collins. Ahora le agradezco que me salvara la vida. Recuerdo cuando al final de curso nos decía a sus alumnos que tendríamos que seguir siendo buenos chicos porque una ciudad asentada sobre un monte no se puede esconder. Lo pienso y me doy cuenta de que yo también tengo cosas que no puedo esconder. No veo la luz al final del túnel, pero la siento en el corazón.

Es Fiona.

La amo.

John el tonto

13 IRIS

Creo que estamos perdiendo la razón. Todos.

Es este lugar maldito. Es el juego de la Fénix: la directora y sus secuaces fomentan la individualidad para luego poder castigarla. Y el castigo es un viaje solo de ida a la torre de gris. Y digo solo de ida porque lo que vuelven no son los alumnos, son sus copias robotizadas, esa especie de clones que pone los pelos de punta, ahora ya lo tenemos claro. Ayer mandaron a dos compañeros más, uno de ellos fue Anna Linney, una chica muy guapa, con un cabello ondulado que le da aire de estrella de cine de los años cuarenta. Su crimen ha sido anunciar que era su cumpleaños y preguntar si podía hablar con su madre.

—¿Has visto algún teléfono por aquí? —le ha dicho un monitor.

—No, pero tienen que tener alguno en sus oficinas, ¿no?

El monitor ha sonreído como un malo de dibujos animados antes de decirle:

—Sí, claro. Acompáñame. —Y, cogiéndola del brazo, se la ha llevado.

Entonces, Greco y yo hemos cruzado miradas: los dos sabíamos que se la llevaban a la torre gris. Por un momento he tenido ganas de llorar. O de tirarle una piedra al monitor. Greco me ha hecho un gesto con las manos, con las palmas hacia abajo, sin levantarlas, como diciendo «calma»; y luego ha hecho algo que no me esperaba: se ha tocado el pecho con el índice, me ha señalado a mí y seguidamente ha cerrado el puño con fuerza. Estoy contigo, aguanta, me ha dicho sin palabras. Luego me ha sonreído. Y al hacerlo he sentido el impulso de correr hacia él y abrazarlo. Abrazarlo con todas mis fuerzas, como nunca he abrazado a nadie, y no soltarlo.

—Cuando vuelva, ya no será ella —ha dicho Marjorie, a mi lado—. Ya no será ella nunca más.

La he mirado y me he sonrojado, avergonzada por haber tenido semejante arrebato romántico en ese momento. Avergonzada y sorprendida: ¿estaba empezando a sentir algo por Greco?

—No —le he contestado a Marjorie, y al instante me he arrepentido de haber sido tan categórica—. Supongo que cuando vuelva ya no será la misma. —Otra vez me ha venido a la mente la imagen del cadáver mojado de Geoffrey. ¿Empezaba Marjorie a sospechar lo que Greco, Giulietta y yo sabíamos? En cualquier caso, no podía confirmárselo. Aunque Marjorie es inteligente y podría ser una buena aliada, quién sabe si ella será la siguiente en ir a la torre gris y, entonces, cuando volviera, podría delatarnos.

—¿Sabes lo que es el ave fénix? —me ha preguntado.

—Un animal mitológico, ¿no?

—Un animal mitológico muy particular: cada quinientos años, este pájaro formaba un nido con especias y hierbas aromáticas y ponía un huevo, que incubaba durante tres días. Al final del tercer día, el ave ardía hasta reducirse a cenizas, y entonces del huevo renacía la misma ave fénix.

Hasta ese momento, no había pensado en el nombre de esta academia, en su significado. Ahora tenía claro que no estaba puesto al azar. Tenía que contárselo a Greco y a Giulietta.

—Creo que eso es este sitio —ha añadido Marjorie—: una especie de nido en el que quemar nuestro antiguo yo y renacer. Este sitio es una oportunidad para cambiar.

—Estás hablando como Geoffrey —le he dicho.

—Piénsalo: ¿no te gustaría olvidar los errores del pasado y empezar de nuevo libre de cargas?

—No. No hay que olvidarse de los errores —le he contestado y, al hacerlo, he sentido que estaba hablando más para mí misma que para ella—. Los errores forman parte de nosotros, sirven para ayudarnos a crecer.

Entonces Marjorie ha suspirado:

—Sí, supongo que tienes razón… La verdad es que estoy cansada, estoy muy cansada.

—¿Qué hacéis hay parados? —ha gritado el monitor, que había vuelto sin Anna—. Todo el mundo a correr.

Del diario de John Stewart

3 de agosto de 1948

Rudolph, ¿cómo se hace? ¿Cómo puedo decirle a Fiona que me gusta más de lo que me ha gustado nada en la vida, que ni siquiera la música me ha hecho sentir tan libre como ella, incluso aquí encerrados?

Cuando me acerco a ella, por las noches, en el momento en que la encuentro en la oscuridad y oigo su respiración, el corazón me late con una fuerza que desconocía. Y entonces pienso en muchas cosas, quiero decirle esto y lo otro, pero no me sale nada, y ella solo habla de lo que ha cambiado Martin.

Cuando oigo ese nombre, el estómago me duele, siento como un vacío lleno de cuchillos.

No puedo soportarlo. Fiona habla de Martin en lugar de preguntarme cómo estoy, y no sé si significo algo para ella o si solo soy un hombro en el que llorar.

John Stewart

Del diario de John Stewart

9 de agosto de 1948

¿Por qué estoy aquí, Rudolph? ¿No había otro sitio?

No puede ser que este reformatorio sea el único. No quiero estar aquí. ¡La odio! Odio a Fiona. No sé por qué me gusta tanto.

La he visto en clase de gimnasia muy cerca de Alfred. Era él quien le sujetaba los pies mientras hacía abdominales. No he podido soportarlo, me duele aquí, me duele el corazón, el estómago, en todas partes: no puedo con esto, no sé cómo hacer para soportar este dolor. Hace ya tres días que no nos vemos por la noche. Cuando le pregunto si quedamos me dice que no, que está pensando un plan y que es mejor que no quedemos todos los días porque puede resultar sospechoso. Antes no existía ese temor. Ahora sí, ¿por qué?

Pese a ello sigo levantándome a escondidas por las noches. El temor a que se vea con otro, a que se vea con Alfred o con Simon o con Michael me carcome. Paso la noche en vela en los pasillos, como un alma en pena en la oscuridad, pero Fiona no aparece. Los celos son como una llama que me arde dentro.

No volveré a seguir reglas nunca más. Si salgo vivo de aquí, haré cuanto me plazca sin preocuparme por nada ni nadie.

Gary Finnegans no ha vuelto. No puedo más. No sé

quién es peor, si miss Fury o Fiona. Las odio, y me odio por escribir esto.

John Stewart

Del diario de John Stewart

15 de agosto de 1948

Hoy he temido quedarme sin ella. No saldré vivo de la Fénix. Al menos, no seré yo quien salga. Mi verdadero yo, quiero decir. Lo tengo claro. Ahora sí que lo tengo claro.

Hoy miss Fury se ha llevado a Fiona. Hoy he deseado desaparecer de nuevo. Hoy he añorado tener un cinturón.

Pienso ir a rescatarla, aunque sea lo último que haga.

Antes de despedirme quiero dejar constancia de un recuerdo al padre Collins, pues tengo muy presentes sus enseñanzas. Antes no hacía caso de ellas, pero ahora recuerdo aquello que tantas veces nos repetía: nadie enciende una lámpara y la pone debajo de un lecho, sino que la pone sobre un candelero, para que los que entren vean la luz. Eso es lo que hago yo: dejo una luz en este diario y, si alguien alguna vez lo desentierra, espero que brille y pueda indicar una salida. Querido desconocido, venga mi muerte.

Hasta siempre.

El último y verdadero John Stewart

14 GRECO

El momento en que fui realmente consciente de lo que sentía por Iris lo conservo como un tesoro. ¡Claro que varias veces, al tenerla cerca o al sentir su mano en la mía, me había estremecido como una hoja con el viento! Pero lo que quiero nombrar es esa primera sensación de algo diferente. Me había temblado el corazón, se me había contraído el estómago, sí, y sabía que me gustaba, eso lo tenía claro. Pero aún no había encontrado el momento definitivo en que el recuerdo de Laura saliera de mí para siempre. Aquel día, mientras corría por el patio y asistía al goteo de despedidas de alumnos que se iban a la torre gris, supe que Iris era mi amor, no solo mi mejor amiga, sino mi amor. Sé muy bien por qué, lo supe al instante. Lo vi, lo sentí. ¡Y cómo añoro aquel momento! Aquella mezcla de alivio y de gozo.

Estábamos caminando, atravesando la extensa explanada de tierra que bordeaba la Fénix antes de adentrarnos en el bosque. La noche sobre nuestras espaldas apenas alumbraba el camino, y el hecho de cogernos de la mano los tres era un acto solidario convertido en costumbre. No era posible imaginarse las noches sin las manos de Giulietta e Iris. Como era habitual, sentía su tacto. La soledad a la que nos condenaba las normas de la Fénix, sin pretenderlo, nos había arrastrado hasta la complicidad más sincera. Desde entonces valoro las pequeñas cosas como las más grandes. Mentiría si dijera que la Fénix no me ha enseñado nada.

Las cosas aparentemente inútiles se convirtieron en las más valiosas. La cuchara de mango afilado que siempre estaba en mi bolsillo o bajo la almohada, la camiseta que usaba como antifaz para poder dormir mejor las escasas horas en que lo hacía o las piedras que pisábamos de camino al muro empezaron a ser importantes en nuestro día a día. Aquella noche no nos quedamos en el sótano. Habíamos decidido alternar: una noche al sótano, otra al bosque, desesperados por buscar una salida. Estar en el bosque, cerca del río, nos causaba turbación, pues estábamos cerca del cadáver de Geoffrey. Además, intuíamos que en cualquier momento volveríamos a encontrarnos con otro cadáver.

Al llegar hasta nuestro rincón de siempre, fue Iris quien habló primero:

—Hay que trazar un plan. El diario es de 1948, y ya entonces mandaban gente a la torre gris y los devolvían cambiados. Hay que escapar y contarle al mundo qué es lo que está pasando aquí, aunque nos tomen por locos.

—¿Y cómo lo hacemos? ¿Cómo escapamos sin enfrentarnos a miss Fury y a su ejército gris? —preguntó Giulietta.

—La verdad es que cada vez tengo más claro que la confrontación con ella es inevitable. —Me encantaba la predisposición de Iris—. ¿Sabéis qué? Empiezo a pensar que nuestros padres saben lo que pasa aquí dentro.

—No, no puede ser —dije, sin tenerlas todas conmigo. Iris insistió:

—¿Es que no veis lo que está pasando? Todos los que vuelven de la torre son perfectos. Y seguro que luego sus padres están encantados con ellos.

—¿Y qué hacemos? —Era Giulietta quien hablaba.

—De momento, vamos a armarnos. Como sea, con lo poco que tengamos. Yo no voy a dejar que me cambien por otra.

—Yo tampoco —dijimos a la vez Giulietta y yo.

Un fuerte viento volvió a helarme la nariz. Empecé a sentir frío en los pies, otra vez humedecidos por el rocío de la noche. Al notar los pies helados, rememoré el cadáver de Geoffrey, gélido y endurecido. Sin querer, pero como si una cosa llevara a la otra, vislumbré el mío y los de mis amigas.

Entonces saqué del bolsillo la cuchara. Y Giulietta, que hasta el momento no había dicho nada que pudiera animarnos, añadió:

—Mañana, con mucho cuidad, vamos a robar cada uno un cuchillo.

—Sí, sí —Iris recuperó el habla—. Incluso podemos afilar ramas.

—Haremos estacas —sentencié.

Como si estuviera calentando antes de un partido, moví las piernas con intención de entrar en calor. El sonido del viento peinaba los árboles cuyas hojas parecían susurrar y nos hacía temblar con una mezcla de miedo y frío.

Decidimos esconder los cubiertos en un lugar cercano. No podíamos dejarlos lejos, por lo que zanjamos guardarlos en el sótano, donde leíamos el diario las otras noches. El diario.

—Seguramente por aquí debía esconder el pobre John Stewart el diario.

—Pobre chaval… Pero, ahora que lo pienso, luego fue ministro. ¡Menudo sinvergüenza! —añadió Iris como si estuviera enfadada.

—¡Ja, ja, ja! Greco, ¿te imaginas que sales de aquí hecho todo un ministro y te vemos en la tele? —bromeó Giulietta.

—¡Ja ja, ja! ¡Eso sí que sería bueno, ministro yo! Como no sea de suspensos…

Y entonces nos reímos los tres mientras acercábamos nuestros cuerpos para combatir el frío. Teníamos que volver. Pero no quería. Busqué la mano de Iris como si fuera algo inevitable. Volví a sentir los pies helados mientras respiraba el aire húmedo de la noche.

Antes de despedirnos, Iris me acarició la cara y me tocó la punta de la nariz.

—Greco, estás muy frío.

—Ya.

—Tienes que abrigarte bien, ni se te ocurra ponerte enfermo ahora— dijo, mirándome a los ojos fijamente.

Y entonces supe que necesitaba a Iris. No solo que me gustaba, sino que la necesitaba. ¿Cuándo supe que estaba enamorado de ella? Cuando empecé a admirarla. ¿Por qué tuve claro que la quería? Porque se preocupó por mí. ¿Cómo se pone freno al amor? Esa respuesta aún no la tenía.

15 IRIS

Esto está a punto de terminar.

De una manera u otra, todo acabará pronto. De eso estoy segura.

Estoy tumbada en la cama sin poder dormir, demasiado agitada por los acontecimientos de esta mañana. Ha sido entonces, mientras corríamos como de costumbre, cuando he tenido la certeza de que mi suerte está echada.

Estos últimos días, Giulietta, Greco y yo hemos pactado distanciarnos para no levantar sospechas. Greco corría entre los primeros del pelotón, Giulietta a mitad y yo casi la última. Mientras corría, miraba la silueta de la torre gris, un antiguo molino, según el diario de

John Stewart. Es una edificación sin ventanas, apenas cuatro aberturas verticales y estrechas en la parte superior. Entre dos de esas aberturas hay una plataforma metálica y techada con un foco giratorio, a modo de faro, y detrás el espacio suficiente para que se aposte un hombre. Como las cabinas de vigilancia de las cárceles en las películas. La puerta de entrada está en la parte de atrás y siempre hay un monitor cerca. Me fijaba en todo eso cuando, de pronto, he tropezado con una raíz y he caído al suelo. Los alumnos que corrían delante no se han enterado, pero los que iban detrás de mí se han detenido, aliviados por tener una excusa para descansar. Nadie me ha ayudado a levantarme, todos estamos demasiado cansados. Entonces se me ha acercado un monitor. Su mirada era furiosa, como si yo hubiera cometido una falta imperdonable. Al momento he sentido cómo se me erizaba el vello de la nuca de puro terror. El monitor me ha agarrado del brazo y me ha levantado de un tirón, sin ningún tipo de miramientos.

—Lo siento —he dicho con la cabeza gacha, los ojos clavados en la tierra húmeda.

—¿Qué sientes, haberte caído o ser tan torpe?

No me he atrevido a contestar nada.

—Vamos, te vamos a ayudar a mejorar tu agilidad —me ha dicho.

El terror me ha paralizado. ¡Me iba a llevar a la torre gris! He buscado con la mirada a Greco. En ese momento ya todos habían dejado de correr. Los rostros de Geoffrey y del resto de clones tenían una expresión de satisfacción. Detrás de Abraham, he visto la expresión aterrorizada de Greco, el cuerpo tenso como la cuerda de un arco, dispuesto a acudir en mi rescate. Entonces he visto claro lo que tenía que hacer. He negado con la cabeza y le he dicho al monitor:

—No hace falta que me agarre. Iré con gusto. Lo estoy deseando.

Él me ha mirado sorprendido, buscando en mi cara alguna señal de desafío. No la ha encontrado.

—Chica lista. La resistencia no conduce a nada bueno.

Entonces se ha acercado otro monitor, visiblemente alterado.

—¿Qué haces, loco? —le ha espetado a su compañero.

—Ha roto el orden —ha contestado el primero—. Ya conoces las normas.

—Es la elegida. No la puedes tocar. Es demasiado pronto.

Entonces me ha soltado, visiblemente nervioso, y ha mirado en dirección al edificio donde duermen. Donde duerme miss Fury. Si es que realmente duerme. Entonces he reparado en que hacía al menos tres días que no habíamos visto a la directora. ¿Qué estaría tramando? ¿Y por qué el monitor me había llamado «la elegida»? ¿Elegida para qué?

—¡Vamos, vamos! Todo al mundo a correr —ha dicho el monitor acompañando la orden con unas fuertes palmadas.

Me he quedado quieta, sin saber qué hacer.

—¿No me has oído? —me ha preguntado.

He asentido con la cabeza y he echado a correr.

—Iris. —La que susurra junto a mí es Giulietta. Estaba tan absorta en mis pensamientos que no la he oído levantarse de su cama.

—Voy.

He guardado la cuchara, que todavía estaba en mi mano, dentro de la funda de la almohada.

Juntas hemos salido de la habitación con el sigilo habitual, mirando siempre a un lado y a otro antes de dar un paso.

Greco está esperando junto a las escaleras. Normalmente leemos el diario en el sótano, pero esta noche es especialmente fría, así que decidimos quedarnos en la biblioteca. Acurrucados en una esquina, terminamos la historia del pobre John Stewart. Una sensación de amargura nos embarga al cerrar el diario. Giulietta es la primera en hablar:

—¿Creéis que llegó a salvar a Fiona?

—Su cuadro cuelga en la pared, así que supongo que no.

—Pues que él no haya conseguido salir de aquí no quiere decir que nosotros no podamos. No pienso darme por vencida.

Recuerdo que el año pasado, mi madre nos obligó a Ivette y a mí a acompañarla al hospital para visitar a una de sus amigas de infancia, miss Ambleside. Había sufrido un accidente en coche y se había quedado paralítica. Insensible de piernas para abajo. Siempre he odiado el olor de los hospitales, su ambiente triste, y recuerdo que estaba molesta con mi madre por llevarnos con ella. Al entrar en la habitación de miss Ambleside, mamá rompió a llorar al instante, desconsolada, como no la había visto llorar jamás. Parecía que no podía parar, toda desmadejada y temblorosa. Ivette y yo nos quedamos inmóviles junto a la puerta, sin saber cómo reaccionar. Mi madre no es una mujer dada a mostrar sus emociones; es más, esconderlas lo considera una virtud. Supongo que, de alguna manera, el hecho de ver a su amiga postrada en la cama debió remover algo en su interior que llevaba tiempo aguantando. Quizá un recuerdo que habían compartido en el pasado, en un tiempo en que eran jóvenes y un futuro lleno de posibilidades se abría ante ellas. No sé. La cuestión es que miss Ambleside le sonrío con gran dulzura; una sonrisa que se dibujaba no solo en sus labios, sino también en sus ojos. Mamá y ella se abrazaron y miss Ambleside la consoló como una madre consuela a un niño que se ha caído, como si fuera mamá la que estuviera postrada en la cama y no volviera a andar jamás. Al salir del hospital, mi madre nos agarró las manos a mi hermana y a mí y, sin dejar de andar y de mirar al frente, nos dijo:

—Algunas personas muestran toda su fortaleza en los momentos de adversidad.

No sé por qué, la actitud de Giulietta me ha recordado ese día. Después de encontrar el cadáver del pobre Geoffrey, sufrí por ella, temí que no fuera lo bastante fuerte para soportarlo. Pero, como miss Ambleside, Giulietta ha superado la frontera del miedo y ahora es ella la que parece más fuerte de los tres.

—¿Cómo estás? —me pregunta Greco—. Por el incidente de la caída de esta mañana, quiero decir. —Sus ojos oscuros están clavados en mí con verdadera preocupación.

—¿Y si lo que dice el diario es verdad? ¿Y si miss Fury me ha escogido para...? ¡Yo qué sé! Beberse mi sangre como un vampiro y así mantenerse joven.

—Los vampiros no existen —dice Giulietta. Y luego, sonriendo, añade—: Son solo cuentos para enamorar a chicas cursis como nosotras.

—Antes de venir aquí tampoco hubiéramos creído lo que pasa aquí.

—Ya lo sé, tonta —replica, guiñándome un ojo—. Solo trataba de animarte. —Y me da un beso en la mejilla.

Greco me pasa el brazo por el hombro y me arrima contra su pecho en un intento de mostrarme también su cariño. Siento cómo mi cuerpo se estremece. Y esta vez no es por miedo.

—Hay otros mundos, pero están en este —dice.

—¿Qué significa eso? —pregunta Giulietta.

—Es un verso de un poeta francés, Paul Eluard.

—A lo mejor sus padres también lo mandaron aquí —bromeo.

Greco se ríe y, al hacerlo, su pecho se agita y, de rebote, yo me agito con él.

Giulietta se incorpora.

—Bueno, ejem. Creo que voy al lavabo.

Y por su manera de decirlo, sé que quiere dejarnos solos. En este instante agradezco la penumbra en la que estamos, porque si no mis amigos descubrirían que me estoy sonrojando.

—En este piso no hay lavabos, tendrás que bajar. ¿Quieres que te acompañemos? —pregunta Greco, que, como todos los chicos, no tiene ni idea de complicidades femeninas.

—No, no, no os preocupéis. Voy solita al lavabo desde que cumplí los tres años.

Greco y yo solos. Me gustaría decirle algo simpático, pero estoy completamente en blanco. Él también está callado, y me pregunto si se sentirá tan nervioso como yo en este momento. Quizá simplemente disfruta de mi compañía pero no tiene ningún interés romántico en mí. Pero, ¿y yo? ¿Siento algo por él? No lo sé. Pero sí sé que me encantaría comprobarlo. Me encantaría probarlo ahora mismo.

—¿Tienes alguna chica esperándote ahí fuera? —acierto a preguntarle.

Greco da un respingo muy gracioso, como si se hubiera pinchado el trasero con una aguja.

—No... no, en absoluto.

—Solo preguntaba.

—Hubo una, pero fue un error muy grande. Ya está superado. Es cosa del pasado. ¿Y tú?

¿Yo?

—¿Tienes algún chico especial?

Al escucharle decir «especial» casi me da la risa: sí, sin duda Greco está tan nervioso como yo.

—¿Aparte de ti? —le digo con toda la coquetería de la que soy capaz, que, teniendo en cuenta que llevo puesto un triste chándal gris, no es mucha.

Greco calla. Estoy tan cerca de él que puedo escuchar cómo traga saliva. Me pregunto si habré metido la pata. Típico de mí: «eres demasiado lanzada, Iris, asustas a los chicos», me parece escuchar la voz de Ivette.

—Tú también eres muy especial para mí —me dice.

Levanto la cara y tropiezo con sus ojos intensos y oscuros, pendientes de mí. Creo que me va a besar. Estoy convencida. Deseo que me bese.

Su cara se acerca a la mía, lentamente, y, justo un segundo antes de que sus labios alcancen los míos, se me arruga el corazón: escuchamos un grito. Es Giulietta. Greco y yo nos levantamos como impulsados por un mismo resorte.

—Quizá se ha encontrado con el pájaro —digo, asustada por mi amiga.

Olvidando todo sigilo, corremos hasta las escaleras y bajamos los escalones a saltos.

Giulietta está parada en la puerta del lavabo de chicas, quieta como una estatua.

—¿Qué pasa?

—Giulietta, ¿qué has visto?

Me acerco a ella y la cojo por los hombros en un gesto instintivo. Sus ojos, muy abiertos, miran al interior. Sigo su mirada y entonces la veo.

Es Marjorie. Es el cuerpo de Marjorie, colgando sin vida de una de las vigas del techo.

16 GRECO

En aquel instante, presos del pánico, Iris y yo nos lanzamos a abrazar a Giulietta. Respiraba por la boca y emitía breves sollozos que tratamos de aplacar como podíamos. Fue entonces cuando eché de menos a mi madre. Uno cree que es fuerte, que puede con todo, que se hace a sí mismo a golpe de garrotazos, pero los momentos de debilidad no desaparecen así como así. La flaqueza que hizo temblar mis piernas al ver flotar el cuerpo de Marjorie no era anónima, vino hasta mí para quedarse, y todavía hoy, a veces, me visita y me estremece la memoria. Fue de cosas así, de ese tipo de sensaciones, de las que aprendí aquel verano al que sobreviví todavía sin saber cómo. Me acordé de mi madre, la vislumbré en mi habitación guardando ropa planchada en mi armario, preparándome el bocadillo en la cocina, antes de ir al colegio, y eché de menos el calor de mi casa, al tiempo que entendía los años luz a los que me encontraba de ella.

Así que lejos de enaltecerme y mostrar mi valentía, en privado me hundí. Recuerdo además que pensé en mis amigos del colegio, con los que había jugado durante años y a los que había dado la espalda como un pelele en cuanto apareció Laura. Los recordé, sí; por mi cabeza pasaron uno a uno, y pensé en sus veranos, tan diferentes del mío en la Academia Fénix.

La lágrimas de Giulietta se unieron a la bravura de Iris, que fue la única que se acercó al cadáver y llegó a palpar las manos de Marjorie. Yo no me atreví.

—Todavía está caliente —dijo Iris sin rastro de miedo, mientras un temblor atravesaba mis cinco sentidos con forma de escalofrío.

Si en aquel momento hubiera tenido un diario como el de John Stewart, hubiera escrito mil veces seguidas «Iris, me encanta Iris; Iris, me encanta Iris» como si fuera el mejor de los castigos. La Fénix me condenaba a muchas cosas, pero también le debía que me condenara a no separarme nunca más de Iris.

No había un minuto que perder. No podíamos quedarnos allí mucho tiempo. Todo había pasado en cuestión de segundos.

—Tenemos que escondernos.

—Volvamos a las habitaciones—repuso Giulietta todavía llorando.

—No, Giu, eso sería peligroso. Seguro que los clones han oído el grito. Ya verás, es mejor escondernos; si nos vamos, nos pueden pillar a las primeras de cambio.

Hacía frío en los lavabos, y la visión de cera de Marjorie colgada transmitía más frío todavía. Una tensa impaciencia enredaba el ambiente, y nuestras miradas no encontraban salida a aquel embrollo. Por encima de la muerte de Marjorie habitaba el miedo a habernos metido en un lío desmedido e impreciso. Por mi cabeza pasó la idea de que tal vez estábamos yendo demasiado lejos. Quizás deberíamos entregarnos. Dejar que miss Fury dispusiera de nosotros a su antojo y salir de la Fénix al final del verano siendo otros. ¿Por qué no?

Pero entonces volvió a hablar Iris.

—Solo os digo una cosa: está prohibido rendirse. Vamos a escapar de aquí como sea. No vamos a acabar así. —Y señaló a Marjorie, a la que los tres vimos con el cuello caído, mirando al abismo del suelo de cemento sin ver nada, como una marioneta olvidada.

Entonces se oyó un ruido de pasos que iba creciendo paulatinamente. ¡Se aproximaba a los lavabos como si fuera la sombra de una amenaza!

—¡Rápido! —balbució Iris.

La seguimos hasta la zona de las duchas, caminando en sentido contrario a los ruidos pero sin mucha escapatoria. El grito de Giulietta había sido tan estremecedor que a buen seguro había despertado a muchos alumnos que dormían en los barracones situados a ambos lados de los servicios. Con las luces apagadas se hacía difícil discernir el entorno, y todos nuestros movimientos obedecían a la inercia y a la intuición. Sabíamos de una ventana, una pequeña ventana que había al final, a la derecha, que daba al patio, pero quizás era demasiado pequeña. Mientras sobre nosotros se precipitaba la duda, esos pasos espeluznantes que parecían los de una manada nos apremiaban a tomar una determinación urgente. ¿Qué hacemos? ¿Huimos? ¿Nos escondemos? ¿Nos daba tiempo de volver a nuestras habitaciones sin ser descubiertos? El cuerpo de Marjorie quedaba en los lavabos, y ahora estábamos en la sala de las duchas, donde todavía se inhalaba un indicio de vapor y jabón.

La respiración de Giulietta seguía atropellándose y por momentos se acercaba al sollozo. No llegamos a ver, pero sí intuimos, que Iris pisaba el suelo como si buscara algo. Estaba claro que nadie se vendría abajo. Ya no había tiempo para echarse atrás.

—Aquí. ¡Lo sabía!

Iris se agachó. Ni Giulietta ni yo alcanzamos a ver las rejas que había en el suelo.

—A las alcantarillas.

Hizo fuerza para levantar la reja. Al ver que no podía, me pidió ayuda con solo decir mi nombre:

—Greco.

Me agaché, agarré con las dos manos sendos vértices e hice fuerza. Aquello no parecía moverse.

—Rápido, por favor, que vienen, que vienen —nos apremió Giulietta.

Entonces Iris saltó sobre el sumidero, concentrando toda la fuerza en uno de los lados, y aquello pareció moverse. Sin pensarlo un segundo repetimos la operación, ella de un lado y yo del otro y, por fin, logramos levantar las rejas.

—Vamos chicos, habrá que mojarse, pero no queda otra —sentenció Iris.

Escuché el curso del agua que circulaba por debajo de mis pies, a la vez que respiré un olor embrutecido que mezclaba humedad y bazofia. De pronto, un atronador portazo en la entrada de los lavabos nos anunció la llegada de un grupo. De un salto nos metimos bajo los sumideros y enseguida logramos reposar la reja encima de nosotros sin hacer ruido. Ni que decir tiene que nos mojamos hasta las caderas. El agua fría parecía clavarse en la piel. No se veía prácticamente nada, pero todo se oía. Sin más calor que nuestra respiración, intentamos abrazarnos los tres sin movernos más allá de lo necesario para no hacer ruido. Recuerdo que pensé que, si hubiera tenido mi iPod, hubiera buscado mi canción preferida y hubiera puesto un auricular en el oído de Iris y otro en el de Giulietta, para que fuera solo yo quien escuchara aquel perverso mutismo.

Entonces escuchamos voces conocidas. Reconocí las de Geoffrey, Abraham y Cindy. A esas alturas, nuestros «compañeros» daban tanto miedo o más que los monitores. Por la cercanía de sus voces, intuí que estaban junto al cadáver de Marjorie. ¿Por qué no emitían ningún grito de espanto? ¡Parecía que ni siquiera les sorprendía!

—Todavía está caliente —dijo uno.

—Entonces nos la llevamos —añadió Geoffrey—. Mientras el cuerpo esté caliente, servirá.

—Le daremos una alegría a miss Fury —dijo una voz femenina que no supe reconocer.

Oímos cómo descolgaban el cadáver de Marjorie. Los sentidos se agudizan cuando aumenta la necesidad, por lo que llegamos a escuchar con nitidez cómo rompían la cuerda con una navaja cuyo afilado filo pareció cortar también nuestra respiración: ¡así que ellos estaban armados! Estábamos descubriendo muchas cosas.

Y cuando parecía que se acababa el martirio y la angustia se alejaba de nosotros, la mala suerte se puso de nuestra parte y empezó a cavar nuestra tumba, porque en aquel instante Giulietta, muerta de frío y sin poder evitarlo, estornudó manifiestamente, y no una vez, sino dos, como siempre que uno se ve incapaz de controlar ese espasmo.

Mi corazón empezó a latir aceleradamente, al tiempo que me vi en la torre gris, torturado y sometido.

—¡Ha sido por aquí! —dijo uno de los clones—. Aquí, en las duchas.

Nos encogimos aún más. Sobre nuestras cabezas nos ocultaba la reja, dibujando las líneas de la cárcel que nos esperaba a la vuelta de la esquina.

Con el miedo frotándonos los párpados, incrédulos y fríos, pudimos oír con claridad lo siguiente:

—Acércame una linterna, que aquí hay alguien.

—¡Toma!

—¿Quién anda ahí?

Unos pasos se acercaron. Allí estaba el nuevo Geoffery, andando con esmerado cuidado, como si todo él estuviera hecho de cristal veneciano. El silencio que reinaba en el pasillo se rompió de nuevo por culpa de su presencia y observaciones. Después de dar tres pasos empezó a reírse solo:

—Sal, quién quiera que seas. Ya sabemos que ha sido un suicidio, no temas.

De pronto, vislumbramos el suelo por encima de las rejas, el techo y la estancia iluminada por el haz de luz de una linterna. Más pasos prosiguieron y se aproximaron. Ya no era solo Geoffrey, también estaba Abraham:

—¿Ves algo?

—No, pero estoy convencido de que he oído algo —repuso el que sujetaba la linterna, que iluminaba el pasillo por encima de nuestras cabezas—. No veo a nadie en las duchas, voy a asomarme por la ventana del fondo, a ver si alguien ha escapado.

—Por ahí no cabe un humano —dijo el otro.

Durante un segundo la luz dejó de alumbrar el suelo y la reja que había sobre nuestras cabezas. Pero no fue porque nadie se retirase, sino porque Geoffrey decidió avanzar. La luz floreció con él y en ese mismo instante en que Giulietta me agarró fuerte del brazo, en ese instante en que yo quise entregarme porque ya no tenía sentido tanto sufrimiento, una de las zapatillas de Geoffrey pisó la reja. Me faltó el aire. Se me heló la garganta y me quedé sin aliento. Al levantar la vista descubrí la sombra de la suela de una de las zapatillas. Era un número grande, era una suela ancha y larga. Bajé la cabeza como si me rindiera, y empecé a gritar para mis adentros: pensé que no era justo, que me quedaban muchas cosas por hacer en la vida. Pensé que iba a morir sin poder besar a Iris, y el amor que yo tenía para darle moriría conmigo.

—¿Estás seguro de que aquí había alguien, Geoffrey?

—Sí, lo estoy. —Eso se oyó más lejos, como si estuviera asomando a la ventana; luego siguió—: No veo a nadie por fuera, el patio está vacío.

—Oye, que no podemos entretenernos, que el cadáver se enfría enseguida —le advirtió Abraham.

—Hacemos una cosa: vamos a dejar el cadáver y volvemos a las habitaciones, avisamos a los monitores y revisamos cama por cama, ¿te parece?

—Así lo haremos. Vámonos, el cadáver se enfría, no podemos perder tiempo.

17 GRECO

Tan pronto se fueron Abraham y Geoffrey buscamos el modo de salir del sumidero. Tenía mojadas las piernas y el ánimo. Iris salió primero y desde arriba nos tendió la mano para que nos costara menos salir. Persistía la oscuridad, igual que persistía mi desánimo.

Teníamos que irnos a nuestras camas y secarnos cuanto antes sin ser vistos. En breve vendría miss Fury con sus secuaces a registrar cama por cama. Pero no pude reprimirme y les di un fuerte abrazo a las chicas, en silencio.

De camino a mi litera, haciendo el menor ruido posible, supe que aquella noche no podría dormir.

¿Cómo dormir después de vivir una pesadilla? Por un momento deseé que todo ese verano fuera eso, una pesadilla de la que estaba a punto de despertarme. ¿Era real lo que me estaba ocurriendo? ¿Cuánto tiempo había pasado desde que habíamos ingresado en la academia? Una vez en la cama empecé a dar vueltas y me fue imposible conciliar el sueño. Rememorar el cuerpo de Marjorie, entregado al vacío, toda aquella turbación, el grito de Giulietta, la presión de escondernos, el miedo en el sumidero, el frío, el estornudo, la respiración cortada y todo lo vivido en tan corto espacio de tiempo me estaba pasando factura, y una especie de flaqueza se adueñó de mis piernas y brazos. ¿Qué fragilidad anegaba mi cuerpo? Antes de este verano no había visto ningún cadáver, y en poco más de un mes ya había visto dos. Las vueltas se sucedían en la cama y mi estado de nervios iba creciendo. Por lo pronto descubrí que me había rascado con tanta fuerza en el brazo que prácticamente me había hecho una herida. Me habría picado alguna pulga, o me habría rozado al subir de la alcantarilla, ¡qué importaba ahora!

Peor eran los síntomas de debilidad que sentía en las extremidades. Eran unos síntomas que conocía bien, esos malestares previos a la gripe. No me extrañó que al llevarme la mano a la frente la hallara caliente. Entonces, sabedor de la fiebre que se avecinaba, consciente de lo solo que estaba, busqué el sueño con la desesperación que impone la urgencia.

No era la primera vez que me pasaba algo parecido: hay veces en que cuando más cansado estás, más te cuesta dormir, y no sabes por qué. Así me sentía en aquel momento, acostado sobre aquel colchón de espuma, incómodo y rancio, que verano tras verano habría sido ocupado por alumnos cuya vida había sido cambiada de cuajo en la Fénix, desde los tiempos del ministro John Stewart. ¿Quién habría dormido allí? ¿Dónde y cómo habrían terminado los anteriores alumnos? Y de pronto, consecutivamente, otra pregunta me arrasó el entendimiento: ¿me habrían enviado mis padres deliberadamente, sabedores de lo que hacían? ¿Estaban dispuestos a llegar tan lejos con tal de corregirme? Ante tantas preguntas, una única respuesta atravesaba mi fiebre: rebelarme. Era el momento. Contra todos, contra Geofrey y Abraham, contra miss Fury, contra mis padres, contra la fiebre, contra mi falta de aire. Por Iris, por Giulietta, por mí. Mientras pensaba en rebeliones y venganzas, me dormí y me sumergí en un acalorado sueño del que desperté empapado, unas horas en las que fantaseé con agua, pero era agua de mar y una playa y unas olas y unas gafas de bucear... y después desperté creyendo estar en una cama muy distinta a aquella porque, por un segundo, al mover mis manos creí tocar las sábanas de mi habitación en la ciudad; sí, había vuelto allí, pero no era real. No me había movido de la litera de la Academia Fénix.

No habían pasado muchas horas, porque tras la pequeña ventana seguía siendo noche cerrada. Ya no pude dormirme. Entonces tuve unas ganas inmensas de ser mayor, para no tener problemas. Deseé con todas mis fuerzas convertirme en adulto para no tener más miedo.

Parecía que la mañana siguiente no iba a llegar nunca, pero llegó. A veces hay cosas que parece que no van a llegar jamás, pero llegan. Al terminar la clase de álgebra, a la mañana siguiente, Iris no tardó ni un segundo en acudir a mi encuentro:

—Greco, acompáñame —me dijo, como si fuera una orden.

Antes de obedecer, miré a mi alrededor para comprobar que nadie nos miraba y me alejé con ella. Caminamos hasta la puerta de los lavabos, ese espacio que tan bien conocíamos.

—Prométeme una cosa, pero quiero que me lo prometas de verdad.

—¿Qué?

—Que no te vas a rendir.

—Iris, ¿por qué me dices eso?

—No te veo convencido de escapar.

—No es eso, de verdad. Solo estoy mentalizándome. Pero cuando llegué el momento de actuar, lo haré sin dudar —le dije. Pero tengo que confesar que no estaba seguro de no mentirle. No lo estaba de si estaría a la altura de la situación. ¿Cómo podría cstarlo?

—Está bien.

—¿Y sabes qué?

—¿Qué?

—Me encanta que hables de riesgo, me encanta.

18 IRIS

Ha sido esta mañana cuando lo he tenido claro.

Estábamos en clase de latín y yo me encontraba tan perdida como de costumbre. Pero ahora ya no me extraña que en la Fénix nos enseñen una lengua muerta: aquí todo está muerto. O termina por estarlo. En ese momento ha aparecido Marjorie. Bueno, una nueva Marjorie: sin marcas en el cuello, sin ojeras, perfectamente peinada, con una sonrisa perversa dibujada en su cara pálida; esa sonrisa que da a entender que sabe algo que los demás no sabemos. Sin esperar a que el monitor le diera permiso (supongo que después de la transformación ya no necesitan pedir permiso para nada), se ha encaminado por el pasillo entre los pupitres individuales en busca de uno vacío. La clase estaba callada, y sus pasos lentos pero seguros han resonado como si su eco estallara contra los techos altos. Por un momento he temido que se fuera a sentar a mi lado, pero no lo ha hecho. Ha buscado un pupitre cerca de la pizarra, como la niña buena que ahora es. Ya no podré preguntarle jamás si es verdad que la trajeron aquí por tratar de disparar contra su padre, el gran catedrático de Mitología de Oxford, y su amante. No he podido evitar imaginarme el cadáver de la verdadera Marjorie, que probablemente ahora yace en el fondo fangoso del arroyo, un ataúd de agua. En ese momento, Giulietta, Greco y yo hemos cruzado miradas. Los expresivos ojos de mi Giu parecían decir: «ya nada nos puede sorprender de este lugar». He asentido con la cabeza, tratando de transmitirles calma. No, ya nada puede sorprendernos. Y eso nos hace estar más alerta. Eso nos hace ser más fuertes.

Afuera ha empezado a llover, una suave lluvia británica, claro, me he repetido para mis adentros: es como una broma privada que tengo conmigo misma, como si no me creyera que seguimos en Escocia, porque este lugar parece que debiera estar fuera de cualquier mapa. Desde mi pupitre cercano a una ventana, me he perdido en mis pensamientos, cuando algo me ha llamado la atención. Y no, no ha sido el profesor que nos daba clase, sino otros tres monitores que estaban en el exterior: de pie en un claro de hierba, los tres estaban con los brazos abiertos en cruz y la cara hacia arriba, hacia el cielo gris, dejándose empapar por la lluvia. Un escalofrío me ha recorrido el cuerpo ante semejante estampa. Era como si estuvieran recargando energía. Como si la lluvia les diera vida...

Y es entonces cuando he sabido cómo podía matar a miss Fury y escapar de aquí.

TERCERA PARTE

19 IRIS

Hoy hace siete días que no hemos visto a miss Fury. Si las sospechas de John Stewart son ciertas y, como también apuntaba la pobre de Marjorie, la directora es una especie de pajarraco mitológico que no muere, que simplemente se regenera, eso quiere decir que está escondida en alguna parte de este lugar, esperando el momento preciso para absorber la vida de la elegida. Es decir, mi vida. Pero yo no me voy a rendir. Y no me voy a quedar esperando sin hacer nada como un animal de granja al que van a llevar al matadero. No. Los monitores hablan de mí, dicen que soy «la elegida».

Muy bien, pues la elegida elige pasar a la acción. Dicen que la mejor defensa es un buen ataque. Pues bien, es hora de atacar. De atacar sin mirar atrás.

A la hora de la comida, me he colocado detrás de Giulietta en la fila, con la bandeja en la mano, esperando a que nos dieran nuestra ración.

—Giu, no te vuelvas, soy yo.

—Hola. ¿Estás bien?

—Mejor que nunca. —Al decirle esto, he notado cómo los músculos de la espalda de mi amiga se tensaban—. No te asustes, no he estado en la torre gris. Escúchame, esta noche no vamos a salir.

—¿No?

—No. Tengo un plan y necesito que estemos descansados para mañana. Necesitamos dormir.

—¿Tienes un plan? Cuéntame.

—Ahora no, mañana. Confía en mí.

—Iris, tú y Greco sois ahora mismo todo lo que tengo, cómo no voy a confiar en ti.

Al escuchar sus palabras he sentido unas ganas enormes de abrazarla. Pero eso hubiera sido peligroso.

—Será mejor que no hablemos una palabra hasta mañana. Y no hables con Greco, yo se lo explicaré.

Al salir del comedor, he aprovechado que teníamos unos minutos antes de la próxima clase y me he acercado a Greco.

—Hola, guapa —me ha dicho, siempre tan atento. Ojalá pudiera creerme que estoy guapa: con este chándal y con los kilos que he perdido ya debo estar horrible.

—Sigue caminando despacio a mi lado y sin mirarme. Tenemos que hablar —le he dicho.

—Vaya, ahora me has recordado a mi ex.

—No es momento para que me hables de tu ex, no me interesa lo más mínimo. Escúchame: esta noche no saldremos, ya he avisado a Giulietta.

—¿Por qué?

—Tenemos que estar descansados para mañana.

—¿Qué va a pasar mañana?

Los otros compañeros ya nos habían sobrepasado.

—Ya te lo contaré a su debido momento. Confía en mí.

Greco se ha parado en seco y ha respondido:

—La última vez que confié en alguien me hicieron daño.

Parecía desamparado, pero sabía que no podía ablandarme. Por su propio bien.

—No seas crío.

No lo he abofeteado, pero Greco ha puesto una cara como si lo hubiera hecho.

—¿Qué te pasa? ¿Por qué me hablas así?

Me he vuelto hacia él y le he agarrado por los hombros con fuerza.

—Espera a mañana. Entonces te lo contaré todo.

Y me he ido a clase sin esperarlo.

Estoy tan nerviosa que no me hace falta el truco de la cuchara para saber que no me dormiré. Además, no quiero despertar a Giulietta. Espero y espero. No tengo reloj, aquí no hay relojes, pero calculo que ha pasado más de una hora desde que nos acostamos y apagaron las luces. Me levanto con mucho sigilo, me pongo el chándal y coloco la almohada debajo de las sábanas para que, si Giu se despierta, confunda el bulto con mi cuerpo dormido. Con las zapatillas en las manos, salgo de la habitación. Los pasillos están a oscuras, sombras grises dentro de sombras negras. Voy hasta los lavabos y me calzo las zapatillas. Por un momento, me parece escuchar algo, una respiración, el roce de unas ropas, así que me agacho, alerta por lo que pueda aparecer. Pero nada aparece.

Subo las escaleras hasta el piso de arriba y voy hasta la habitación que descubrimos, la de la antigua cocina. Decidida, me meto en el montacargas. Confío en tener bastante fuerza para poder deslizarme hacia abajo tirando de las cuerdas yo sola. Por suerte, llego al sótano sana y salva. Sin duda, subir sería mucho más difícil. Pero si las cosas salen como tengo planeado, no será necesario que vuelva por aquí. Entraré por la puerta principal con las llaves en la mano.

Abro el ventanuco del fondo y salgo al exterior. La hierba está húmeda por la lluvia que ha caído durante todo el día. Sin embargo, la noche está ahora clara y llena de estrellas. Cuesta creer que debajo de un cielo tan hermoso puedan suceder monstruosidades como las que ocurren en este sitio.

El haz de luz del faro de la torre gris barre la zona lentamente, como con pereza. Estoy convencida de que el tipo que lo maneja no sospecha que ninguno de nosotros, agotados y asustados alumnos de la Fénix, nos atrevamos a tratar de escapar. Pero debo tener mucho cuidado, por si acaso.

Me arrastro hasta la esquina más oculta de los barracones donde duermen mis compañeros, la esquina donde Greco me contó que Edgard había escondido un paquete de tabaco y un encendedor Zippo. Antes de que se lo llevaran a la torre, pobre Edgard. A oscuras, barro con mis manos la hierba, brizna a brizna, milímetro a milímetro, del terreno. Me mancho de barro las manos, las rodillas. Hasta que por fin lo encuentro. Lo sabía, sabía que estaría aquí. El encendedor Zippo. Bueno, en realidad no lo sabía, pero confiaba en ello. Ha estado aquí todos estos días. La llave para escapar de aquí. Guardo el encendedor en el bolsillo y su tacto me reconforta. Me tranquiliza. No lo enciendo para probar si todavía funciona porque sé que es muy arriesgado: Greco me contó que, justo al encenderlo, escuchó como una ráfaga de viento, y al poco aparecieron los guardias. No puedo arriesgarme. Aún no.

Cubriéndome del haz de luz, escondiéndome detrás de cada árbol, avanzo con paciencia hasta el edificio donde están las habitaciones de la directora y sus secuaces, cerca de la torre gris. A pesar de haber corrido cada mañana y algunas tardes en las clases de gimnasia, siempre nos han mantenido alejados de ese edificio siniestro. Y eso tendría que habernos dado una pista de que algo importante ocultan. Pero ¿quién iba a imaginar que este sitio era una especie de fábrica del horror?

A medida que me acerco se me encoge el corazón: tengo la sensación de que puedo escuchar los latidos repiqueteando en mis sienes. El viento sopla suave en mi dirección y pienso que es una suerte: si la directora puede olerme, sería una catástrofe que el viento soplara a mi espalda.

Apenas faltan unos metros. Respiro hondo para darme ánimos y me arrastro hasta llegar a la pared más alejada de la torre gris. No hay ventanas en esta fachada, pero confío en que haya una entrada trasera, un ventanuco, una puerta que dé al sótano o a una leñera que me permita colarme en el edificio.

Al llegar a la esquina, me arrodillo y miro con cuidado. Una farola que parece tener más de un siglo arroja una débil luz sobre la parte trasera. No veo a nadie, así que me atrevo a asomar medio cuerpo para intentar ver mejor la fachada trasera. Bingo, en el centro hay una gran puerta de madera de doble hoja, como los antiguos portones de una cochera de caballos. Me incorporo y me dispongo a acercarme hasta la puerta cuando alguien me sujeta con fuerza:

—La elegida tiene prisa con encontrarse con su destino —me dice un monitor. Los dedos de su mano derecha se clavan en mi hombro como garras mientras con la izquierda me deslumbra los ojos con una pequeña linterna. Estoy tan asustada que no puedo ni gritar, paralizada por el terror. El hombre acerca su cara a la mía con una sonrisa que parece una cicatriz y puedo oler su aliento, un olor antiguo, como de tabaco de pipa. Entonces me parece ver por el rabillo del ojo que algo se mueve por detrás del monitor y lo siguiente que siento es que se afloja su mano sobre mi hombro y cae al suelo como un saco de patatas gigante.

Greco le ha clavado una estaca en la nuca.

Los ojos se me llenan de lágrimas. Greco está temblando como una hoja bajo una tempestad. Me lanzo sobre él y lo abrazo, su cuerpo pegado al mío.

—Eres una idiota —me dice con un hilo de voz, y casi siento ganas de reír por la alegría de verlo.

—Me has salvado la vida.

—No creerías que me había tragado tu numerito de esta tarde. Sabía que tramabas algo.

—Ahora sí que no hay marcha atrás —digo mirando al hombre que yace sin vida sobre la hierba—. Rápido, escondamos el cadáver.

—Seguro que jamás pensaste que llegarías a decir una frase así.

Arrastramos el cuerpo del monitor hasta las sombras del edificio y lo pegamos a la pared. Cojo la linterna y me la guardo en el otro bolsillo del chándal.

—Vale, creo que ahora ya puedes contarme tu plan —dice Greco.

—Bueno, vale. Es muy sencillo: tenemos que encontrar dónde está miss Fury y prenderle fuego —le digo enseñándole el encendedor.

—Me parece un plan excelente.

Sonrío por primera vez en varios días: una de las cosas que primero me llamó la atención de Greco es su manera de hablar, como antigua. Asomamos la cabeza por la esquina. Nos miramos y, en silencio, asentimos. Nos acercamos hasta la entrada, con sigilo pero sin perder el tiempo. Parece mentira, pero la única protección del portón es un sólido travesaño de madera atravesado entre las dos hojas. Lo sacamos de su soporte con cuidado, sin hacer ruido. Greco lo sostiene con las dos manos, como si fuera a utilizarlo como arma, pero hace un gesto descartándolo: demasiado pesado. Empujamos con precaución una de las hojas temiendo que chirríe, pero se abre en silencio. Dentro, y eso no nos sorprende, está oscuro como boca de lobo. Entramos y cerramos la puerta. El interior es frío, como si la piedra con que está construido el edificio no hubiera dejado entrar el más mínimo calor desde hace décadas, siglos tal vez. Enciendo la linterna enfocando al suelo, no vaya a ser que haya más monitores despiertos y nos descubran. Estamos en una estancia amplia, seguramente unas cocheras, como había imaginado. Sin ventanas. Colgando de una pared hay un yugo y, en una esquina, apiladas de manera desordenadas, unas cuantas maderas podridas. Nada que podamos utilizar como arma. En el otro extremo hay una puerta con jirones de lo que parece pintura verde. La abrimos, subimos tres escalones y accedemos a un largo pasillo, salpicado de puertas a ambos lados. No se escucha nada. De puntillas, nos acercamos a la primera puerta. Greco pega la cara a la puerta, como tratando de escuchar algo. Por extraño que parezca, ya no siento miedo. Después del incidente que acabamos de vivir fuera, cuando Greco me ha salvado, es como si ya hubiera agotado mis reservas de miedo. Lo que siento es inquietud, prisa por acabar con esto de una vez por todas. Y muchas ganas de gritar. Pero me contengo. Al menos por ahora.

A mitad del pasillo hay una puerta que es diferente a las otras, más ancha y pintada de color rojo. No puedo dejar de recordar que, en la naturaleza, algunos de los animales más venenosos tienen colores brillantes para alertar a los demás de lo peligrosos que son. Y hay otra cosa que diferencia esta puerta del resto: está entreabierta.

Llevada por una intuición, le hago un gesto a Greco. Él asiente en silencio. La puerta roja da a un sótano. En la oscuridad, bajamos las escaleras muy pero que muy despacio, cogidos de una mano y agarrando la barandilla con la otra. A medida que bajamos, el olor se vuelve más pesado, como una cortina, un olor como a huevos podridos.

—Enciende la linterna —susurra Greco.

Nada de lo que hemos vivido desde el día en que entramos por la puerta de la Academia Fénix nos ha preparado para lo que encontramos: en el centro del sótano, en la tierra embarrada del sótano, hay una especie de nido de pájaro gigantesco, con la particularidad de que, en lugar de ramas, está hecho con huesos humanos. Ni al más perturbado de los psicópatas se le podría jamás ocurrir una imagen así. Una imagen digna del mismo infierno.

Pero no hay ni rastro de miss Fury.

La linterna se me cae al suelo.

Entonces escuchamos pasos arriba.

—Vamos. —Greco me coge del brazo y me lleva hasta detrás del nido. ¿Había dicho que ya no tenía más reservas de miedo? Pues me equivocaba. Me equivocaba del todo.

—¿Quién anda ahí? —dice la voz de un hombre desde lo alto de las escaleras—. ¿Es usted, señora?

Entonces sé lo que tengo que hacer:

—Greco, el arroyo pasa por debajo de la torre gris, recuerda que es un antiguo molino —le susurro—. Seguramente debe haber una presa en alguna parte. Encuéntrala y destrúyela, eso los distraerá.

—¿Los distraerá?

El hombre empieza a bajar las escaleras. El haz de su linterna corta las sombras.

—Sí, así podrás salvarme.

—¿Quién anda ahí? —repite el hombre.

Cojo con ambas manos la cara delgada de Greco y lo beso, lo beso con fuerza pero con ternura; el primer beso de amor de mi vida. Sí, mi primer y verdadero beso.

Me levanto y grito:

—Aquí estoy. ¿Me vais a llevar a ver lo que hay en la torre o no?

20 GRECO

En aquel segundo todo se desmoronó a mi alrededor. Al oír aquellas voces, el presente en el que estaba instalado se derrumbó como un castillo de naipes.

Quise decir en voz alta «Iris, no me dejes, no me abandones», pero no pude, no debía. Un silencio atravesado de intuición me recomendó no hacerlo. Porque en momentos como ese, cuando alguien cree perder lo que más desea, el corazón parece que se detenga y todo lo demás carece de sentido.

A pesar de ello, lo primero que hice fue esconderme, resguardarme de la amenaza de aquella voz. El beso de Iris me había inyectado un jugo indescriptible y mi corazón latía con ella, con todos sus gestos y su valentía. El barniz de sus labios me dejó tan feliz que, por un segundo, tuve tiempo de habitar la eternidad. Aquello valía la pena, y supe que haría todo lo que fuera necesario. Sí, haría lo que me había pedido. Haría cualquier cosa.

Me alegré de ir armado; tenía en mis bolsillos un cuchillo y otra estaca. No podía perder tiempo. Si fallaba, podrían acabar con ella y devolverla clonada como una máquina. Yo quería a la Iris de siempre, a la mía, con la que tenía que huir de la Fénix como fuera para luego querernos en la ciudad, en las norias de las ferias, en los bancos de los parques, en las filas más oscuras de los cines y donde fuera preciso. De ninguna manera podía permitir que me la cambiaran por otra. Y, por supuesto, no volver a verla no entraba en mis planes. ¿Cómo podía imaginar mi vida sin ella? Ni en pintura.

Me tendí en el suelo. Estaba húmedo. Respiré aquella humedad sucia, antigua, enferma. Estaba tumbado detrás de aquel nido impensable hecho de huesos humanos, a escasos metros de donde estaba ella. Antes de irme, al oír cómo se cerraba la puerta, aún pude oír a Iris:

—No me he equivocado, he venido porque estoy harta de esperar.

Iris no me nombró. Se había entregado para salvarme. Iris se había adelantado y se había entregado para que yo me escapara. No podía defraudarla de ninguna manera. Era grande el miedo, pero era más poderoso el deseo de salvarla. Llevado por un instinto, al subir las escaleras agarrado a la barandilla de metal, tuve una idea: aquel hierro podría serme de ayuda. La agarré y, sacando fuerzas de vete a saber dónde, tiré de ella hacia mí. Enseguida noté cómo se aflojaba. Apoyé un pie en la zona que noté más insegura y utilicé mi cuerpo como contrapeso. Aquella barandilla de metal herrumbrosa debía tener decenas de años. Tiré y tiré hasta que, con un chasquido que sonó animal, el hierro se soltó. Caí sobre los escalones con un trozo de metal de más o menos un metro entre las manos. Entonces escuché pasos. Me asusté, pero decidí que no era momento de esconderse, sino de plantar cara. Alguien venía en la dirección en la que me encontraba. ¿Sería otro monitor, tal vez miss Fury? Me acuclillé con la barra metálica apretada entre mis manos, dispuesto a clavársela a quien fuera que estuviera a punto de entrar. Entonces escuché una voz deliciosamente familiar:

—Iris, Greco, ¿estáis ahí?

Era Giulietta. La valiente Giulietta. Seguramente nos había visto salir igual que yo había visto a Iris.

—Aquí estoy, Giu.

—Greco, creía que me iba a dar un infarto —me dijo mientras abría la puerta delante de mí—. Me he despertado y no he visto a Iris, así que me he temido lo peor. He salido del edificio por el sótano y entonces me ha parecido veros a los dos a lo lejos.

—Han cogido a Iris —la informé.

—¿Qué? ¿Cómo?

—Tranquila, tenemos un plan. Acompáñame.

Salimos del edificio tal como habíamos entrado: en silencio, con precaución, pero decididos. Más decididos que nunca. La vida de Iris estaba en juego. Su vida y las nuestras. Antes de salir al exterior, vi una lata de aceite de motor. Llevado por una intuición, la cogí. Le dije a Giu que me siguiera y echamos a correr en dirección contraria a los edificios, directo a donde se supone que debería estar el riachuelo y, en alguna parte, la presa que Iris suponía que debía haber. ¿Estaría realmente allí o solo había sido una intuición fallida? Había que intentarlo. Cuando no tienes nada que perder, cualquier astilla es una madera salvadora. Corrimos lo más rápido que pudimos y, por un momento, incluso sentía que me faltaba aire, como si mi capacidad pulmonar no pudiera asimilar tanta presión. Pero el cuerpo humano es asombroso: parece mentira cuánto puedes aguantar, qué fuerza sacas de no se sabe dónde cuando tu vida está en peligro. Corrimos en mitad de la noche, sin más luz que las estrellas; corrimos sin importarnos el dolor en los músculos, en los huesos. Recordé el diario de John Stewart, cuando hablaba de miss Fury, una mujer sin edad, llena de vacío, pero eterna. Y también recordé las clases de Historia, cuando los profesores se empeñaban en hablar de dioses hermafroditas de la edad antigua. ¿Y si miss Fury fuera un dios hermafrodita? Pudiera ser, ¿por qué no? John Stewart hablaba de historia en su diario y recurría a ella para explicarse la realidad en la Fénix.

Por fortuna, pronto topamos con lo que parecía una construcción antigua. Era una especie de muro con una esclusa similar a la que tienen los submarinos, al menos, los submarinos de las películas. Al otro lado, había un lago o un estanque que no habíamos visto nunca antes: nuestras carreras en clase de gimnasia jamás habían llegado a esa altura de los terrenos de la Fénix. Subimos a la estructura de piedra y descubrimos que la llave solo permitía la caída de un pequeño chorro de agua. Sin duda esa era la presa. Iris tenía razón. Mi inteligente Iris, mi intuitiva Iris, mi valiente Iris, mi pobre Iris.

Sin mediar palabra, como por instinto y sin apenas parar para coger aire, con el sudor cayéndonos por la frente, Giulietta y yo nos pusimos uno a cada lado de la llave metálica que contenía el agua y que tendría el tamaño de la rueda de un camión. Su tacto era húmedo y recuerdo que pensé que olía a óxido, como dicen que huele la sangre.

—Gira en el sentido de las agujas del reloj a la de tres —le dije a Giulietta.

Al contar tres, los dos hicimos fuerza, pero la rueda no se movió ni un milímetro.

—Espera— le dije a mi amiga.

Introduje el hierro que había arrancado de la barandilla entre los radios de la rueda de la presa y le dije a Giu que cogiera el otro extremo.

—Intentémoslo de nuevo.

Apretamos con fuerza, como nunca, nuestras jóvenes vidas concentradas en ese punto y en ese momento. Poco a poco, la rueda empezó a soltarse y, cuando parecía que nos quedábamos sin aliento, por fin el chorro de agua se abrió camino y casi me tira al suelo y me arrastra. Conseguí saltar a un lado y agarré la mano de Giu.

—Vámonos —le dije.

La presión del agua hizo el resto del trabajo: toda la masa líquida contenida detrás de las piedras se abrió camino ladera abajo en su dirección natural, camino a la temible torre gris.

21 GIULIETTA

Me llamo Giulietta Hamilton, tengo dieciséis años y creo en los monstruos. Creo en los monstruos porque el pasado verano maté a uno. Sí, lo maté, pero ¡a qué precio!

Mis recuerdos de aquella última noche en la maldita Academia Fénix son muy confusos. Es curioso cómo la memoria subraya algunas cosas y otras las relega a un cuarto oscuro. Supongo que es una manera de protegernos. Recuerdo cómo, al abrir la compuerta de la presa, el caudal de agua se derramó con toda su fuerza contenida, desbordando el cauce del riachuelo. El torrente de agua llegó a la torre gris antes que Greco y yo. El vigilante en lo alto de la torre hizo sonar una alarma como las que suenan en las películas de fugas de cárceles. Entonces lo supe: era tanta la tensión que acumulaba que me sentía capaz de matar a alguien. Lo que fuera por salvar a Iris. No hacía ni dos meses que la había conocido, pero vivir una tensión como la que habíamos soportado juntas en la Fénix nos había unido tanto que no me hubiera sentido rara llamándola «hermana». E imaginármela a merced de la odiosa miss Fury me llenaba de rabia. Miss Fury, que probablemente se había estado alimentando de chicas como ella, regenerándose durante años. Pues de acuerdo, ahora eso se había terminado. Cuando estás mucho tiempo encerrado pierdes la noción de muchas cosas, pero jamás el instinto de supervivencia. Los oídos me silbaban, el sudor bañaba mi cuerpo demasiado delgado por culpa de aquellas semanas terribles y me faltaba el aire después de tanta carrera, pero aun así me sentía con fuerza para enfrentarme a cualquier cosa.

Greco me agarró del brazo e, intuitivamente, me tumbé en el suelo: un grupo de monitores, probablemente todos ellos, corría en dirección contraria al agua. La torre gris estaba ahora desprovista de vigilancia, tal como habíamos previsto.

Greco y yo nos acercamos aún con cuidado, no fuéramos a encontrarnos con algún esbirro rezagado. La sirena de alarma seguía aullando como un animal extraño, de otra época. Alcanzamos la puerta de la torre, situada en la parte de atrás. Era una puerta ancha, de madera basta, sin pomo. Como Greco llevaba las manos ocupadas con la barra de hierro y la lata de aceite, fui yo quien la empujó con el puño cerrado, mientras con el otro apretaba mi estaca con fuerza, como si fuera un amuleto. Greco y yo cogimos aire antes de entrar, como si fuéramos a sumergirnos en la parte profunda de una piscina. Nada de lo que pudiéramos habernos imaginado nos hubiera preparado para lo que allí nos encontramos. El interior del antiguo molino estaba provisto de diferentes niveles, cada uno de ellos iluminados por lo que parecían lámparas de gas. Por todas partes había una especie de grandes bañeras transparentes, comunicadas entre sí, llenas de un agua turbia. Como si de un gran laboratorio lleno de extrañas y enormes probetas se tratara, los cauces de todas las bañeras se unían en un pequeño estanque o piscina donde estaba miss Fury. Pero no era exactamente la miss

Fury que nos había dado clases de latín disfrazada de ser humano, sino una especie de mujer alada de pupilas negras que llenaban las cuencas de sus ojos. En lugar de cabello tenía un puñado ralo de plumas negras, negrísimas, y estaba desnuda, con unos pechos como racimos de uva enfermos, la piel gris, escamosa, con los brazos extendidos de los que colgaban las membranas de las alas, que recordaban a las de los murciélagos. En el momento que entramos, pensé que la directora nos había visto; pero, a pesar de tener los ojos abiertos, su cuerpo inhumano estaba como en trance, ajeno a todo el revuelo que había más allá de los muros de la torre gris. Entonces la vi: era Iris, también desnuda en una de las bañeras contiguas a la del monstruo, su piel blanca como la de un cadáver.

—Está... Está absorbiéndola —tartamudeó Greco a mi lado.

Era cierto: era como si la esencia de Iris se diluyera en aquella agua turbia y pasara directamente al corriente sanguíneo de la directora, que parecía rejuvenecer por segundos.

—Rescata a Iris —me pidió Greco—. Yo voy a matar a esa malnacida.

Corrí hacía mi amiga, subí unos escalones y la cogí por los hombros. No sé si alguna vez habéis intentado levantar a otra persona en vilo: no es nada fácil. Me giré en busca de ayuda y vi cómo Greco se subía a una tarima detrás de miss Fury y vertía todo el aceite de la lata sobre su cabeza. En ese instante, la criatura movió la cabeza hacia un lado con un golpe de cuello, como hacen los loros: se había despertado.

—¡Cuidado! —grité con todas mis fuerzas.

Miss Fury lanzó hacia atrás su brazo-ala derecho, que impactó violentamente en el torso de Greco. Él cayó y se golpeó la espalda contra la pared. En apenas un segundo, el monstruo había salido de su estanque y se encontraba delante de Greco, con las alas extendidas en alto, dispuesto a atacar. Greco abrió la capucha del mechero Zippo, lo encendió y se lo tiró a la directora. Aquella criatura de otro tiempo comenzó a arder a la vez que soltaba horribles alaridos que definitivamente no eran humanos. Se volvió y miró el agua de su estanque; con toda seguridad pensó en lanzarse dentro para sofocar las llamas, pero Greco debió adivinarle las intenciones porque, sin levantarse del suelo, la golpeó en las piernas con la barra de hierro.

La golpeó una y otra vez, incorporándose él a la vez que miss Fury se doblegaba y caía al suelo. Entonces el tiempo pareció detenerse: Greco con la barra en alto y el monstruo a sus pies dibujaban una estampa mitológica, más propia de un libro de cuentos que de la realidad. Después de unos segundos en que todo, incluidos nosotros, permaneció inmóvil, se escucharon fuertes chispazos y la sirena dejó de aullar. Como supimos después, el agua desbordada había hecho saltar la instalación eléctrica, dejando a oscuras todas las instalaciones de la Fénix y abriendo la puerta de entrada a la academia y la de los barracones.

—Greco, te necesito aquí —grité.

Mi amigo me miró como si se sorprendiera de que estuviera allí, como si saliera de un trance o despertara de una pesadilla. Dejó caer la barra de hierro y corrió jadeante hacia mí. Juntos sacamos el cuerpo desnudo de Iris y lo tumbamos sobre la madera. Greco se quitó la sudadera del chandal y cubrió el cuerpo desnudo de nuestra amiga. Me agaché y pegué la oreja a su boca.

—Creo que no respira —dije sin poder creer en mis propias palabras—. ¡Creo que no respira, Greco!

La agarré de los hombros y la puse de lado, no fuera

a ser que hubiera tragado agua. Su cuerpo no reaccionaba, era como una muñeca rota. Greco se arrodilló y empezó a hacerle el boca a boca. Sus labios trataban de devolverle la vida que ella le había dado antes con su beso, como luego me contó, cuando se sacrificó para salvarlo a él. Mis ojos se llenaron de lágrimas. Recuerdo que un enorme cansancio se apoderó de mí; solo tenía ganas de tumbarme junto al cuerpo de mi amiga y dormir. Greco seguía intentando hacerla responder... Finalmente, se echó a llorar, la incorporó y se abrazó a ella como si esperara que cobrara vida y fuera a consolarlo. Antes de aquel verano yo jamás había perdido a uno de mis seres queridos. Pueden intentar explicarte qué se siente, pero no hay palabras que puedan explicar la mezcla de tristeza y rabia y agotamiento. Mientras yo lloraba en silencio, Greco lo hacía a gritos, unos gritos que parecía haber contenido toda su vida y que por fin podía soltar, los gritos de una bestia herida. Entonces, no sé si fue el instinto de supervivencia o qué, pero me giré justo para descubrir detrás de mí a miss Fury, calcinada pero viva, dispuesta a atacarnos con sus últimas fuerzas. Como impulsada por un resorte, salté sobre ella, sin miedo, y le clavé la estaca todo lo profundo que pude en el pecho, en lo más profundo de lo que debía ser su corazón. De rodillas sobre su cuerpo monstruoso, mirándola a esos ojos que eran todo pupila, la vi retorcerse unos segundos y después morir. Y su cuerpo se esfumó en una nube de polvo. Desapareció.

Fue como si nunca hubiera existido. Me eché hacia atrás hasta sentarme sobre mis tobillos. Las lágrimas corrían por mi cara como si también se hubiera desbordado una presa dentro de mí. Fue extraño: me sentí muy pequeña, desvalida, sola, pero, al mismo tiempo, poderosa.

Cuando salimos de la torre gris, Greco cargando en brazos el cuerpo sin vida de Iris, vimos al resto de nuestros compañeros. Muchos salían corriendo por la entrada abierta del muro, con maleta o sin ella. Otros vagaban sin acabar de entender nada, como si, tan acostumbrados que estaban a recibir órdenes, al verse libres no supieran qué hacer. Geoffrey y los otros clones estaban muertos, sus cuerpos tirados en el suelo como si los hubieran desenchufado. Esa es la impresión que daban. Algunos alumnos saltaban y abrían la boca hacia el cielo estrellado, como si respiraran por primera vez. Era como una película muda. Como un mal sueño.

Justo al atravesar la puerta abierta de la Academia Fénix, Greco cayó de rodillas, soportando el peso del cadáver de Iris. El cadáver de Iris. Todavía me cuesta decirlo, expresarlo en voz alta. Una vez oí o leí en alguna parte que alguien decía que no hay batalla sin víctimas. Pero ¿tenía que ser ella? ¿En serio?

A lo lejos se oían sirenas, puede que de un camión de bomberos, puede que de varios coches de policía. Mi recuerdo está borroso. Alguien me puso una manta encima y me dijo palabras de consuelo. Pero yo solo podía pensar: «¿Y ahora qué? ¿Cómo se supone que voy a volver a mi casa? ¿Tengo que olvidarlo todo y volver a ser la niña ingenua que era?». Imposible. Dicen que lo que no te mata te hace más fuerte. Pero, ¿y si lo que te hace más fuerte te mata un poco por dentro?

No sé qué tienen los veranos, pero no es difícil encontrarte con alguien que te cuente que tal o cual verano le pasó algo que cambió su vida. Normalmente son cosas muy triviales. El verano pasado conocí a un chico que cambió mi vida, o el otro verano descubrí que lo importante es saber vivir cada momento, te cuentan. Cosas así. Cuando oigo algo semejante, procuro sonreír con educación y luego miro hacia otro lado. Entiendo lo que me dicen, pero no puedo compartir mi propia experiencia. No puedo contarles que durante un verano mi vida cambió para siempre de la peor forma posible. No puedo explicarles lo que se siente al saber que tus peores temores son ciertos. No puedo decirles que un monstruo mató a mi mejor amiga.

El verano en la Fénix. Tantas preguntas que responder. En cuanto a los monitores, habían desaparecido; supongo que huyeron. Quién sabe, quizá también ellos eran prisioneros y habían esperado ese momento para recuperar sus vidas. O quizá estaban asustados. En cualquier caso, no los volvimos a ver. Pero, aunque han pasado ya unos meses, aún tengo el temor de doblar una esquina y toparme con uno de ellos. Todavía miro debajo de la cama antes de irme a dormir. Porque yo sé que los monstruos existen. Y también sé que, tarde o temprano, volverán a por mí.

premio laGalera
JÓVENES LECTORES
CON LA COLABORACIÓN DEL CLUB KIRICO

Nuestro agradecimiento especial
a los miembros del jurado de la 4a. edición del Premio La Galera Jóvenes Lectores:

Carmela Aguilero Rey
Alba Agustín Alfonso
Segundo Jesús Alarcón Martínez
Alicia Alarcón Romero
Eva Albuixech Lluch
Mónica Albuquerque Delgado
Mariano Javier Alcántara Cuenca
María Alegre Ferreras
María Alfonso Gonzálvez
Nuria Alfonso Gonzálvez
Miguel Alonso Abad
María Alonso Ortuño
Izarbe Altuna Ruiz
Marina Álvarez García
Francisco Álvarez González
Andrea Alvite López
Marina Aramburu Valle
María Elena Armenteros Jiménez
Kelly Yazmín Armijos Granda
Ana María Arroyo Barrios
Alba Asensio Bueno
Alba Atencia De Pablo
Ana Inmaculada Balbuena Sedeño
Odamay Batista Jiménez
Julio Salvador Belda Abreu
Manuel Benítez Gutiérrez
Alejandro Berraquero Sánchez
Paula Berrocal Padilla
Ángel Blanco-Morales Díaz
María Belén Boned Fernández
María José Bouzada Lage
Gala Burgos Viñas
Nahuel Burgos Viñas
Ismael Cáceres Bernabei
Guillermo Calderón Espeso
Pablo Caneda Domínguez
Sara Canteni Bárcena
Candela Cañadas Hernández
Cristina Carpena Ortiz
David Carpena Tobarra
Alejandra Carrasco Muñoz
Ana María Carrasco Muñoz
Aida Carril Barcia
María Eufemia Castillo Ojeda
Manuel Castro Baquero
Blanca Castro Domínguez
Guillermo Castro Domínguez
Pierina Cetraro Catter
Elena Chaqués Godoy
Toni Conde Molina
Paula Cordero Encinar
Alejandro Corell Monedero
Marina Cortés Calle
Raúl Crespo Gómez
Juncal Cubilla Iglesias
David de Blas Capapé
Juan Manuel de Cueto Gámez
María de la Guerra González
Marina Del Pozo Ruiz
Jesús Delgado Catalá
Javier Delgado Cruces
Enzo Delgado Rodríguez
Iker Deusto Villanueva
Eleazar Díaz Fernández

David Doste Poy
Sonia Espinosa Melero
Alberto Esteban Biescas
Bruno Esteban Fernández
Ainara Esteban Pérez
Helena Ezquerro Ortega
Alberto Fajardo Muñoz
Luis Fernández de los Ronderos García
María Gertrudis Fernández Maciá
Sofía Fernández López
Marta Fernández Naranjo
Rocío Fernández Ramos
Nacho Fernández Vieira
Adara Florido Martín
Javier Fontalba Izquierdo
Mario Fortín Domínguez
Rubén Fragua Baeza
Ana Fraile Martín
Natalia Fresneda González
Marina Galiano Botella
Álvaro Gamarra Martín
Daniel Gamarra Martín
Paula Gamonal Menéndez
Borja García Barea
Jara García De la Rosa Esteban
Lucas García de Viedma Pérez
Ignacio García Marín
Luis García Marín
Naomi García Rodríguez
Irene García Sánchez
Javier García Sánchez
Alba García Usón
Lorenzo Gil Cornejo
Alejandro González Aguín
Ana Carmen González Brenes
Diego González Méndez
Emma González Moreno
Javier González Moreno
Lara González Rico
Elena Gónzalvez Javaloyes
Pablo Goñi Navarro
Javier Granell Ruiz
María Granell Ruiz
Marina Guarinos Castro
Pepa Guerrero Mayo
Gonzalo Gutiérrez Campos
Guillermo Gutiérrez Alfajeme
José María Gutiérrez Navarro
Pedro Hermosa Vega
Ignacio Hernández Gijón
David Hernández Soria
Sara Hernández Soria
Carmen Herrería Moral
Adrián Herrero González
Daniel Pablo Herreruela Arellano
Pablo Herreruela Arellano
Yako Irusta Salles
Paula Javalojes Gallego
Tamara Javalojes Gallego
Luis Jiménez-Díaz Cermeño
Amanda Lapeña Fernández
Pablo Lapeña Fernández
Paula Lillo Morales
Marta Llorente Martín
Violeta Llorente Martín
María López Marzo
Belén López Moguel
Paula López Pachón
Asier López Pellejero
Diego López Prádanios
Iván López Robles
Alicia López Salvador
Irene Lozano Estefani
Sergio Lozano Martínez
Désirée Luque Pradas
Ana Manzano Solans
Ana Marchena Pasero
Elena Martín Luján
Andrés Martín Megino
David Martín Torres
Clara Martínez Amorós
Lucía Martínez Del Río
Sara Martínez Ferreiro
Loreto Martínez García
Sara Martínez García
Maximiliano Martínez Jiménez
Rubén Martínez Ribera
Alicia Martínez-Pais González
Julia Felicidad Menéndez Pérez
Paula Mesa Bonilla
Estela Mestre Ferrández

Ainoa Míguez González
Guadalupe Morales Gordo
Ignacio Morales Gordo
Marina Morcillo López
Mario Moreno Cerdà
Beatriz Moreno Cuadrado
María Muela Bravo
Irene Muñiz Sirgo
Andrés Muñoz García
Ángel Muñoz Herrero
Miguel Muñoz Márquez
Elena Muñoz Pérez
Álvaro Muro Duñabeitia
Ricardo Ortega Requena
Lucía Ortega Ruiz
Juan Antonio Osuna Núñez
Bárbara Palacios Fallanza
Miriam Paredes Ferrández
Gorka Pascual Blanco
Alba Peinado Gómez
María Jesús Pérez Fernández
Alicia Pérez Fuentes
Ignacio Pérez López
Pilar Pérez Pomeda
Alicia Pinto Pérez
Alberto Pla López
José Ragel Merino
María Carmen Ramírez Ríos
Elena Ramos Narváez
Jesús Ramos Patón
Carmen Recio Pastor
Ana Regueiro Restoy
Lucía Rico Taverna
Gabriel Rincón Castelbón
Teresa Rincón Castelbón
Blanca Ripoll Gómez
Ricardo Rodiño Balboa
Ana María Rodríguez Rubio
Paula Rodríguez García
Javier Rodríguez Hernández
Rubén Rodríguez Sanjuán
Cristina Jiao Rodríguez Zayas
José Ramón Rojo Puertas
Lucía Román Canivell
Carmen Romera Fernández
Lorena Rosende Balboa
Luis Rovira Herrero
Javier Ruiz Gutiérrez
Juan Jesús Ruiz Toscano
Raquel Sáez García
Inés Sanagustín Revilla
Carlos Sánchez Carpio
César Sánchez Conde
Enrique Sánchez Fenoll
Laura Sánchez López
Irene Sánchez Malo
Celia Sánchez Pallás
Ángela Sánchez Pérez
Mari Paz Sánchez Rubia
Jorge Sanmartín Barrera
Jaime Santos Alemany
Roberto Santos Santamaría
María Sanz Gómez
Lidia Seivane Rivas
David Senar Blasco
Pablo Serrano Andrés
Laura Serrano Benítez
Joan Simarro López
Giulia Sionis Ponte
Ana Soriano Valdés
Sara Souto Ares
Mercedes Talavera Oliva
Raquel Terrer Van Cool
Juan Tudela Pérez
Alejandra Urbano Domínguez
Adrián Valdizán Quintana
Jessica Vara Jordan
Robin Vázquez López
Rosalía Veiga Lestegas
Isabel Mathilde Verdú Sanchis
Carmen Viamonte Tortajada
Álvaro Vidal Lloret
Jorge Vidal Lloret
Teresa Vilaplana De Trias
Alberto Yoldi Vergara
Cristina Zaplana Alfonso
Iris Zayago Galiana

LUNA ROJA

Las sensaciones más extremas y las historias más apasionantes suceden siempre bajo una Luna Roja.

QUANTIC LOVE

Sonia Fernández-Vidal

LOS EXTRAORDINARIOS SECRETOS
DE APRIL, MAY & JUNE

Robin Benway

RETRUM. CUANDO ESTUVIMOS MUERTOS
RETRUM 2: LA NIEVE NEGRA

Francesc Miralles

NICK

Inma Chacón

EL SECRETO DE LUCIA MØRKE

Inés Macpherson

EL JURAMENTO

Kimberly Derting

FORGOTTEN

Cat Patrick

COLMILLOS

Salvador Macip y Sebastià Roig

SKYLAND: ISLAS EN EL CIELO
SKYLAND 2: LA NAVE DE LAS TEMPESTADES

David Carlyle

PRÓXIMAMENTE

OBLIVION

Francesc Miralles